死神少女
フリージアは、さよならを知らない
JN229327
［著］綾里けいし
［イラスト］藤実なんな

CONTENTS

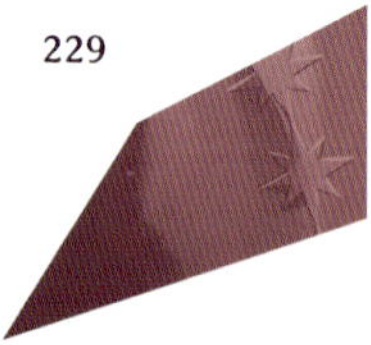

Illustration by 藤実なんな

Design by AFTERGLOW

死神公女フリージアは、さよならを知らない

綾里けいし

角川スニーカー文庫

24301

本文・口絵イラスト／藤実なんな
本文・口絵デザイン／AFTERGLOW

1

本でも読むかのように、彼女は『死』についてを知りたがる人だった。

正確には人ではない。だが、その振る舞いは『まるで人間のよう』ではあった。

現在、彩度を落とした葉を連ねた、茶色く乾きはじめている木の下にて、彼女はベンチを占領している。その堂々とした姿の周りには、大量のファストフードが相席していた。見慣れた二色刷りの紙箱や、明らかにLサイズとみられる赤いケースが複数転がっている。一個や二個では済まないことに対して、思わず恐怖心を掻《か》きたてられる光景だ。

また、『推定される摂取量の油と塩を洗い流すには、セットドリンクに課された重責が過酷すぎやしないか』という問題には、別途にジンジャーエールのそこそこデカいペットボトルを買うことで対応までしていた。棚売りではなく、ちゃんと冷えたやつを入手しているところに底力の違いを感じさせる。

今、コクコクと、彼女はソレを飲んでいた。

ありえないほどにその横顔は高貴で美しい。

ジンジャーエールをラッパ飲みしているというのに、だ。

その肌は血液を知らないかのような白。目は宝石のような澄んだ紫。雪のような銀髪は長く緩やかなウェーブを描いており、トドメのように神秘的なヴェールで覆われている。

加えて、彼女の服装はクラシカルゴシックな喪服だ。

そう、喪服。しかも中世ヨーロッパから持ちこんだようでありながら、明らかに仕立ては異なる逸品だ。よく見れば、その布地には艶消《つやけ》しの複雑な光沢がある。糸や縫い目は確認できない。だが、何故か、ひと目で『喪服』だとわかる衣装だった。それを着こなしている彼女もまた、異様な存在といえる。

異質で、奇妙で、綺麗《きれい》で、底なしに不吉だ。

「で……コクローは、いつまで、私を眺めているつもりなのだ？」

不思議な装いで、不思議な少女は口を開く。

意外にも、その声は可憐《かれん》に高かった。黒と白で構成された外見の中で、形のいい唇のみが鮮やかに紅い。お持ち帰り用の同封紙ナプキンで口元を拭《ふ》きながら、彼女は首を傾げた。

「他者の食事風景なぞ、眺めたところでなにも面白くはないだろうに……まあ、ソレがドラゴンの狩りであれば、わかりはするというものだがな。彼らの捕食は豪快かつ、時に残忍だ。また、三百年間は休眠すると決めた際、コレと定めた巨大な獲物とは死闘ともなる」

現代日本の緑地公園の一角に、異質な語りが響いた。だが、彼女自身も存在が浮きまくっているため、細い喉《のど》から発せられる内容としてはこの上なくふさわしくも思える。それでいて別途購入のノンアルコールウェットティッシュを手に、紡ぐような話ではなかった。

「あるいは特定の精霊種の分解行為についても一見の価値はあろう……彼らが獲物の前で捧《ささ》げる『友愛の踊り』は対象の感情を完全に無視しているからな。上位種の領域であれほど滑稽《こっけい》劇めいたものは他には見られまい。何故か定期で振りつけも変わるゆえな。単為生殖時期は避けたほうがよいが、五十年に一度くらいは観察に足を向けてもいいものと……」

「死神公女フリージア・トルストイ・ドルシュヴィーア様」

そう、コクローこと、黒朗夏目《こくろうなつめ》はささやいた。

コレは、一種の魔法の呪文だ。延々と続いていた語りはぴたりと止まる。

不意に無言になると、相手はベンチ周りを片づけはじめた。艶《つや》やかな黒色の爪に飾られた指先が、小さな箱を丁寧に畳んでいく。食べかすと共に、それらはファストフード店の紙袋の中へしまわれた。チマチマと手を動かし終えて、彼女は不機嫌に口を開く。

「コクロー」

「はい」

「長いし不敬だ」

「畏《かしこ》まりました」

「それに黙らせたいときだけ、仰々しい敬語を遣うのもやめよ。拗《す》ねるぞ。百年くらい」

「その間に、俺、死にますよ」

「カガク技術とか使え、短命種の知恵だろうが」

そう無茶振りをしながらも、彼女は最後の行程にさしかかった。

油じみが伝播《でんぱ》しないよう、紙袋をスーパーの袋に入れて、きつく縛る。更に、手持ちの布製バッグへ移した。コレについては、『こちら』に来てから得たものだ。業務用ミシンによって作製された、既製品にすぎない。そのわりに、彼女はとても大事にしていた。

『ゴミ持ち帰り』のルールは、こうして守られる。

澄んだ目で、彼女は黒朗を仰いだ。

求めに応じて、彼は呼びかけ直す。

「死神公女フリージア様」

「うむ」

「行きましょう」

「苦しゅうない」

優雅にうなずき、フリージアは白い手を伸ばした。

時折、意味もなく付き人に頼りたがるのが、この公女というものだ。そして、黒朗もそういうお遊びは別に嫌いではなかった。ガラス細工に似た指を恭しくとり、彼は立ちあがらせる。黒のヴェールとドレスをさらりと揺らして、彼女はトンッと遊歩道に降り立った。

煉瓦《れんが》の上にカツンと硬い音が鳴る。

並ぶと、二人には身長差があった。

黒朗は細身でぬらりと高い。一方で、フリージアは靴を入れてもなお小さかった。ついでに、ブランド品を好んではいるが、黒朗は常にジャージとパーカしか着ない。そのため、高貴な格好の公女とは不釣り合いにもほどがあった。だが、そんなことは気にもせず、ある意味『ローマの休日』のごとく、二人は進む。フリージアと歩幅を合わせるのに、実は黒朗は相当な苦労をしていた。しかし、そうとは感じさせない口調で、彼は言う。

「今日は、この先の病院に行きます。リストに、そうあるんで」

「病院とは……またおあつらえむきよな」

「まあ、そっすね。今度こそ、わかるといいですね」

「うむ。私もそう思う」

「あと、フリージア様の食事風景は普通に面白いですよ」

「おまえ、そこにもどるのか……しかも、面白いかぁ？　短命種の感性、わからん。怖い」

「そこまで⁉　いや、絶対にバズりますよ、高貴系人外美少女のファストフードファイト」

「……ばず？」

「あっ、そこは今度説明しますね」

サラサラと、気持ちよく乾いた風が吹く。湿度もちょうどだ。暑くも寒くもない。

澄んだ秋晴れの空の下、二人は歩く。やがて、フリージアはポツリとささやいた。

「今度はどんな『死』が見られるだろうか」

「……どんなのでしょうね」

「あと、私を『人外』言うな」

「今更？」

「他者を『人外』呼びする奴ほど人外なのだ」

「俺は……実は、人間ではなかった？」

傍から見れば、愉快なこと以外なにもわからない会話が続く。

やがて、遠くに年季の入った建物が見えてきた。

全体的に、造りは重厚だ。だが、再整備された一部の病棟についてはカーテンウォールを採用することで、周囲との馴染《なじ》みが図られている。その中身を透かし見るように、フリージアは真剣に目を細めた。軽く、黒朗は欠伸《あくび》をする。

そうして、異色の二人は病院に着いた。

＊＊＊

正確には用があるのは病院そのものではない。

最上階に併設されている、高級老人ホームだ。

手厚いサービスと清潔な空間。質のいい健康食に介護食。医師の二十四時間の常駐と必要に応じた診療。スピーディーな対応を掲げた、一流の介護施設だった。

元々、この病院はとある旧財閥による寄付から設立されたという。現在も継続して、一流企業が支援を続けていた。そのため、経済界の要人も愛用しているとのことだ。

彼らの老後の安全のためにも、入院棟の最上階に、この終の住処は増設された。値段こそ高いが、サービスと見合っていると評判は上々だ。そのため、現在進行形で多数の入居希望者が控えているという。人脈や、政府筋の縁でもなければ、入るのは難しいとの話だ。

「……そのわりには狭くないか？　私の持つ、青褪《あおざ》めた馬や、猟犬群の住処以下だが？」

「由緒正しき死神公女様のお城と比べたら、日本全体が鳥籠《とりかご》でしょうよ……」

「なあ、コクローの中では、私はどれだけ広いところに住んでいる想定なんだ？」

「そりゃあもう、下々の想像を絶するところかと」

「逆に不便そうだな。短命種とか、迷うだけで死にそう」

「煽《あお》りますね」

ふざけた会話を淡々としながら、二人は最上階の廊下を歩く。

本来、ここには入居者の身内か、事前申請のうえで許可を得た知人しか入ることは許されない。だが、受付にて、黒朗が見せた一枚の書類。そして、フリージアの『見てわかる』外見により、フリーパス同様の扱いで、専用のエレベーターに乗ることができたのだ。

相変わらず同じ歩調で、二人はある部屋を目指す。

「十八号室か」

「ここですね」

入り口隣の壁には、高級感のある黒のプレートに、金で名前が刻まれていた。『杉浦千《すぎうらち》恵子様《えこ》』とある。扉は閉じられていた。だが、ノブをひねると施錠はされていないようだ。恐らく、入居者自身が鍵《かぎ》を忘れて、部屋に戻れなくなるケースを防ぐための措置だろう。

一応、ノックした後、黒朗は扉を開いた。


穏やかな風が吹いた。

窓は、開かれている。


空気の流れを受け、オリーブ色のカーテンがはためいた。

道中に、黒朗は他の室内をチラリと観察していた。今、改めて確かめると、やはりホテルライクな造りだなと思える。寝台が電動介護用ベッドであり、薄型のテレビが間近に設けられていること。また、緊急時用のナースコールが明確に配置されていること以外は、洒落《しゃれ》た上品さを優先した造りだ。大きめの収納棚も、極力周囲と溶けこむようにデザインされている。通常の施設との差別化が見受けられた。

そしてベッドのうえには、小柄な老女が横たわっていた。

灰色の髪を短く切り、彼女は細い身体を寝巻きで包んでいる。まだ点滴を必要とする段階にはなさそうだが、その肉の落ち具合からは衰弱の進行が見てとれた。

加えて、視力こそあるようだが明確な意識は感じられない。ただただ、老女は意味なく虚空を見つめていた。褪《あ》せた黒の目の中に生気はない。皺《しわ》くちゃの人形かなにかのようだ。

スッと、黒朗は前に出た。フリージアも続く。並んで、二人は老女の側に立った。それでも反応はない。無音の中、外からは、少しだけ泣きたくなるような秋の匂いがしていた。

穏やかな静寂を壊して、黒朗は口を開く。

「失礼します。杉浦千恵子さん、ですね？」

返事はない。どうやら、老女はまどろみの底にいる。

それでもなるべく、礼は尽くそうと、黒朗は告げた。

「俺たちはここへ、『人間の死の観察』に来ました」

隣で、フリージアがうなずく。可憐《かれん》な声で、彼女は告げた。

「しばらく、こちらへ邪魔をしたい。許されよ」

それがいつまでなのかと言えば。

つまりは、人が死ぬまでだった。

＊＊＊

「ほぐっ」

カケラのひとつも落とさないよう、フリージアは栗饅頭《くりまんじゅう》を食べる。

外皮の剝《は》がれやすい菓子だというのに、器用なものだ。当初はこうではなかった。黒朗がホイッと渡したものを手に『パン？　……焼き菓子？　えっ、栗？　嘘をつけ、植物の栗ならば知っておるが、全然似ていな……面影はある？』と首を傾げていたし、食べる途中で崩壊までさせていた。今ではモッモッモッモッと口内に入れきり、彼女はモフリと上手く咀《そ》嚼《しやく》した。すかさず、黒朗は緑茶のミニペットボトルを手渡す。一気に半分ほど飲み、フリージアは無事に喉《のど》詰まりを回避した。そして、大きくうなずく。

「美味」

「それでしたら、なによりなんじゃないっすかね」

「食材の多様極まりない加工技術と創意工夫については流石よな。誇っていいぞ、短命種」

「わーい」

「んっ？　コクロー自身には、誇れる点はないぞ？」

「あげて落とされた。えーっ、なんかありません？」

「残念ながらない」

速やかに、フリージアは言いきった。コクコクと、彼女は緑茶の残りを飲み干す。

二人は十八号室の来客用ソファーを勝手に占拠していた。部屋の主からすれば不法侵入のうえの居据わりだ。だが、咎《とが》める者は誰もいない。そこで、二人はオヤツタイムまでくり広げていた。ただ、待ち続けるのも暇なのだ。先に一階のコンビニで購入しておいた、ソフト煎餅《せんべい》の袋に、フリージアは手をかける。しかし、やや開け方をまちがえた。

「おっ、と」

「あー、パーティー開けを失敗して悲惨になるやつだ」

袋を真っ二つにしかけた、その時だった。

「おまえらばあちゃんの部屋でなにしてんだ！」

当然、あってしかるべき怒声が響いた。見れば、戸口には中性的な青年が立っている。細身で色素が薄く、まつ毛が長い。独自の美しさを感じさせる方向性に、その顔立ちは整っていた。日本というよりも他国のアイドルに近く、女性向け雑誌のメンズモデルにでもなれそうだ。黒朗とフリージアは目を見交わした。そして、パリッとソフト煎餅を齧《かじ》る。

「食ってんじゃねえ！　出てけ！　人呼ぶぞ！」

「許可は得ている」

「誰のだよ！」

「杉浦夫妻と、院長および理事長。支援企業の社長と会長と政府と国家から」

ひと息に、黒朗は告げた。青年はポカンとする。理解が追いつかないという表情だ。無理もないだろう。通常、見知らぬ相手に対して、下りる許可の量と質ではなかった。

沈黙の間にも、フリージアはサクサクとソフト煎餅を齧る。ハムスターのごとき咀嚼方法で、彼女は三枚目を飲みこんだ。その姿に胡乱《うろん》な目を向けた後、青年はハッとした。

震える指で、彼はフリージアを指差す。

「もしかしておまえ……『異世界』の人間か！」

「惜しい！　私は『人間』ではないからのう……なぁ、若造よ。己の一番知る枠組みに、なにもかもを当てはめようとするのはやめぬか。短命種の悪い癖だ」

「えーっと、俺は黒朗夏目。で、コチラは死神公女フリージア様。ちなみに……わかるとは思うけど『異世界』の来訪者の中でも、意思疎通が可能かつ強力な異種族である時点で、彼女は『来賓者クラス』の『歓待特権』を認められている……そのため、重罪でも犯さない限り、大体どこも書類一枚でフリーパスだね」

「やらないゾ」

「やったら流石に庇《かば》えねえんすヨ」

謎にダブルピースをしながら、二人は言いあう。

その間、青年はずっと固まっていた。

十二年前、転生者の行き来をはじめとして、異世界と現世は接続した。以来、異世界の存在は、定期的に日本を訪問している。そのなかでも、『歓待特権』持ちは最高クラスだ。

つまり、フリージアという存在は『歩く治外法権』なのだ。

同時に、それはある事実も意味している。政府が性善説に偏りすぎな許可を授けた理由など、ひとつしか考えられない。人類と異種族の間には、圧倒的個人戦力差、実力差が横たわっていた。彼らを法で縛ろうにも、本気をだされればどうにもならない。

この少女、フリージアに首輪はつけられなかった。

『異世界存在』を前にして人間はひどく無力なのだ。

ギリリッと杉浦青年は唇を噛《か》みしめた。日頃から明るく振る舞ってはいるものの、その『異世界に対する気持ち』に関しては、黒朗もわからなくはない。軽く、彼は目を伏せた。

その前で、杉浦青年は前髪を掻《か》き乱す。続けて、彼は低く問いを吐きだした。

「それで……死神が、俺たちのところへなにをしに来たんだよ」

「『夏休みの宿題』に」

「……はあっ？」

「ふむ、短命種の習慣にあわせた小粋な長命種ジョークだったのだが、伝わっておらぬな……えっと、だな。『なにもせぬ』よ……単に、私は観察に来ただけだ」

「観察？」

「……もうすぐ、ここで死者がでるはずだからな」

残酷な宣告に、青年はハッとした顔をする。慌てて、彼は老女のほうを見た。だが、彼女はなにも聞いてはいない。ただ、先ほどまでとは違い、口をもぐもぐと動かしてはいる。

その様に向けて、青年は優しく目を細めた。続けて、彼はフリージアを鋭く睨《にら》みつける。

「……目的はなんだ。そんなモンを観て、どうするんだ」

「『死』が、知りたい」

真摯《しんし》に真剣に、一種の純朴さをもって、フリージアは言った。

その手から、彼女は銀糸で指に結びつけられた鈴を放す。リンッと音が鳴った。瞬間、手品のごとく、鈴は消滅した。フリージアの両手には右に大鎌が、左にカンテラが現れる。

大鎌は黒く長い柄に、水銀を思わせる滑らかな刃を持っていた。カンテラは上品かつ、豪奢《ごうしゃ》な鳥籠《とりかご》にも似た造りをしている。その内側では、青い炎が絶えることなく揺れていた。

二つを持つ姿こそ、『異世界』での正装だ。

そして、彼女はどこか寂しそうに告げた。

「どうやら私は、『さよなら』がわかっていないらしいからな」


『死』を学ぶためだけに異界を旅をする、死神がいる。

なんとも滑稽《こっけい》極まりない、御伽噺《おとぎばなし》のような話だった。

＊＊＊

異世界の話をしよう。


剣と魔法の領域の統治は安定していない。

それも当然だ。複数の長命種に、魔に属するもの。そうでなくとも、竜や精霊といった上位種族が、かの地には多数はびこっている。その狭間《はざま》で、短命種が繁殖力の強みを活かして、必死に領地を押し広げているという状態だ。最早、混沌《こんとん》の坩堝《るつぼ》といえよう。

そして、定期的に深刻な争いが起きた。

かつて、魔王のもたらす何度目かの戦火を、ひとりの死神が見ていた。どちらかと言えば、彼女も闇の勢力の生まれだ。だが、蹂躙《じゅうりん》にも虐殺にも興味を惹《ひ》かれなかった。おもしろそうなのは、苦労をしているほうだろう。そう考え、死神はあっさりと反抗軍へついた。

彼女は強力な駒を務め、当然のごとく消滅しなかった。

多くの者が倒れ、多くの仲間が死ぬ中で、立ち続けた。

それから長い、長い、先の御話だ。

死神がどうしているのかというと。

現世の病院にて、来客用であろう、ガラス張りのローテーブルの下に避難していた。

「他の連中はともかく、なんでばあちゃんの家族である、アンタらまで許可をだしてんだよ！　マジでいい加減にしろ、冗談抜きで、今すぐ死んでくれ！」

「『歓待特権』に一般人が逆らえるわけがないでしょう？　もしも下手なことを言って反感を買ったら、それこそおばあちゃんにとって大変なことになるかもしれないじゃない！」

「うるせえよ、アンタらが、そんなこと気にするようなタマか。底が割れてんだよ。どうせ、金だろ？」

「親にそんな口の利き方……」

「じゃあ、なんなんだよっ！」

室内では嵐のごとく、ベタな親子喧嘩《おやこげんか》が吹き荒れていた。

黒朗とフリージアの話を聞いた杉浦青年が、杉浦夫妻を呼びだした結果である。

チャットアプリに連打で書きこんでいたものの応答がなく、最終的には電話で怒鳴りつけたのだ。平日の昼間に厳しいのではないのかと思ったが、ちゃんと二人ともがそろった。

結果、言い争いがはじめられ、黒朗とフリージアは家具の陰に身を潜めている。

狭い空間で、二人は器用に腹這《はらば》いになっていた。ポップコーンを片手に映画鑑賞でもするかのごとく、フリージアはソフト煎餅を齧りながら修羅場を眺めている。

同時に、黒朗のほうは、目の前の光景の分析をしてもいた。ふむと、彼は首を傾げる。

「……どうにも、妙ですね」

「なにがだ、コクロー。絵に描いたような、模範的親子喧嘩ではないか。当代から四世代前の勇者も、こういう争いをよくしておったぞ」

「勇者がそういう世俗的な喧嘩《けんか》をするのは、どうかと思いますなぁ」

「短命種あるあるだろうが、理解してやれ」

「長命種にはあるあるじゃないんですか？」

「……そこは種族による。エルフは基本淡白だが、たまにこじれるし、場合によっては複数国家を巻きこんだ確執にまで至る。奴ら、無駄に誇り高いせいでぶつかると手におえん」

「……公女様のところは？」

「死神に、親はおらんからなあ」

「あっ、そうなんですか」

「そりゃ、『死』を司る存在が生殖で増えたら怖かろうよ」

　黒朗たちが無駄な会話をしている間も言いあいは続いた。それに、フリージアのソフト煎餅《せんべい》ウィズサクサク音が響く。ふむと、黒朗は親子の話へと意識のチューニングを絞った。

「いつも、そうやって適当にはぐらかすよなあ⁉」

「そんなに大声だしたら、おばあちゃんも驚くから」

　杉浦母のほうは、杉浦青年をたしなめるようでいて、なんというか甘い。事態や主張をなあなあにしつつも、杉浦青年の機嫌をとれればそれでいいという本音が覗《のぞ》いている。

　つまり、大いに誠実さに欠けた。

　また、杉浦父はといえば、存在が空気すぎて消滅している。整ってはいるものの妙に卑屈そうな顔を、彼はずっと伏せていた。自身が有機生命体であるという現実を、杉浦父は無言で否定しているかのようだ。もしや、壁にでも擬態しているつもりなのかもしれない。

「むっ、父親もいたのか？　わからんなんだな。壁にでも擬態しとるつもりか？」

フリージアから見ても、どうやら同意見のようだ。


「もういいよ！　ばあちゃんの外出届のことだって、どうせ聞きやしないんだろ！」


最終的に、会話は強制終了した。

正確にはなあなあなまま続くやりとりの無意味さに、杉浦青年がキレた。捨て台詞《ぜりふ》めいた怒声を残して、彼は部屋を出ていく。扉が開かれ、バタンと乱暴に閉じられた。杉浦母は大きく肩をすくめる。奇妙なうす笑いを浮かべた顔といい、全体的に、彼女は嘲《あざけ》りを滲《にじ》ませていた。騒動の決着を見計らって、黒朗はぬるんとローテーブルの下から抜けだす。

だが、フリージアは後には続かなかった。振り向けば、彼女は腕をパタパタさせている。

「コクロー」

「はいはい」

ヨッコイショと、黒朗はフリージアを机の下から引き抜いた。ついでに立たせて、パタパタと埃《ほこり》を払ってやる。実は、フリージアの衣服に汚れや飛沫《ひまつ》の類いはつかない——それどころか、物理的な攻撃および低級魔術すら弾く——のだが、そこは気分というものだ。

ご満悦で、フリージアは鼻を鳴らす。ヨカッタヨカッタと意味なくうなずき、黒朗はついでに拍手もした。謎に、フリージアは胸を張る。それから、黒朗は杉浦母へ向き直った。

「今の杉浦青年の御話は？」

「ああ……あの子は、一度きりでもいいから、おばあちゃんを施設から連れだしたいってよく言ってまして。でもねえ、皆で外出するだけって言っても、いきなり環境を変えるのってよくないじゃないですかぁ。急にそんなことをしたら、おばあちゃんは死んじゃうかもしれないし」

「へえ」

「それに準備だって大変だしねえ。こちらにもかなり無理を言って、預かっていただいてるのに……外で変な病気でも拾って追いだされたらそれこそ、ねえ」

「はあ」

「自宅介護なんて、絶対にゴメンじゃないですか。あの子にはこっちの苦労なんてわかりゃしないってのに。新しい施設を探そうにも、ここ以上に自慢できるとこなんてないし」

「自慢」

「いえ、なにも」

そこでぴたりと、杉浦母は黙った。どうやら、口を回しすぎたことに気がついたらしい。

ふむふむと、フリージアは腕を組んだ。そうして、黒朗を手招きする。カクンと急角度で身体を倒し、彼は耳を傾けた。そこに、フリージアはささやく。

「一時この場は去るとしよう」
「公女様の、お望みのままに」

かくして二人は、『死』を見る前に帰った。

＊＊＊

その日の夜のことだ。

薄暗い廊下に、エレベーターの音が響く。黒塗りの扉が開き、まばゆい光が溢《あふ》れだした。すばやく、中から誰かが降りる。すでに消灯された廊下を、人影は足をもつれさせかねない勢いで駆けた。やがて十八号室前で、その人物は立ち止まった。胸元から、誰かはカードキーをとりだす。だが、違和感を覚えたのか、目を細めた。深夜には施錠をされているはずの扉は開いている。取っ手を摑《つか》み、人影は一気に引いた。

風が、吹いている。

窓は、開いていた。

夜闇の中に、ぼうっとカンテラの灯りが輝く。それに照らされて、侵入者である杉浦青年の姿が闇の中から浮かびあがった。目の前に立つ存在へと、彼は怯《おび》えた眼差しを向ける。

「やはり、来たか」

魂を抜かれそうなほど青い炎の揺らめきを手に、美しい娘も顔をあげた。

夢でも見るかのごとく、彼女はアメシストの目をゆらりとまたたかせる。片手に凶悪な大鎌も携えて、少女はささやいた。

死神公女フリージア・トルストイ・ドルシュヴィーアが。

「ずいぶんと不遜《ふそん》な人間よな。わかるぞ。我らの来訪があった以上、『死神公女に呼ばれている』と告げれば、普段は封鎖されている深夜病棟にも出入り自由だ。『異世界存在』への恐れは大きい。私たちへの確認も行われはしないからな……そういうことであろう？」

カンテラの火が、幻想的に明滅した。まるで、人間の意思を確かめようとするかのようだ。冷たい声で、フリージアは続ける。

「理由を述べよ。それに伴い、死神公女が判決をくだす。私は軽視されることを好まぬ。値する望みがあるのならば口にせよ。それが星よりも重いというのであれば考えてやろう」

死神の不気味な光に照らされて、杉浦青年は一歩後ろへ下がった。だが、ナニカへぶつかりかける。振り向けば、黒朗だ。いつの間にか、彼は杉浦青年の背後に立っていた。

薄闇の中、高い背にふさわしいだけの影をぬらりと連れて、黒朗は言う。

「まあ、落ち着いて。俺には気になることがあるんだけれどね……侵入ができたところで、通常と同じく、廊下の監視カメラは作動している状態だ。多分、施設との契約者である両親が外出届を拒んでいる以上、無理にでもおばあさんを連れだしたかったと思うんだけど……計画性には欠ける。いったい、この後どうするつもりだったんだい？」

「……身内でも、刃を突きつければ道を空けてもらえるだろ？」

「あー、誘拐犯になる覚悟だったってことか。でも、君、今までにもこうして強行しなかった時点で、運転免許を持ってはいないんだろ？　うーん、改めて無計画すぎない？」

「……異世界の客が、『死』の観察を望んでいる。ならば、俺がどれだけ暴走しようとも、事態を静観される可能性が高いと踏んだんだ。それこそ、タクシーを呼びつけたところで、スルーされるだろうなって」

「ううん、それは確かに。人間って先回りして、いらん気を遣ってくるところがあるしね」

杉浦青年の考えに対して、黒朗はうなずいた。

すでに実例もある。

過去に、『歓待特権』持ちのウィンディーネが海をまっ二つに割った。それに対して、現代社会の人類側は、船舶の運航を停止し、観光客他に立ち入り禁止令をだした。だが、当のウィンディーネは、相棒の魔術師に悪さを見つかり、頭を思いっきり叩《たた》かれたらやめた。『生態系の異なる海の底は、どんな形なのかが気になった』だけで、深いこだわりのある行動ではなかったらしい。当人いわく、誰が相手でも叱られたのならば謝ったという。

だが、基本的に、現代社会側に『異世界存在』の反応を予測することは難しい。正しい対処を選ぶことも困難だ。その気になれば会話相手を瞬殺できる強者と、友好を前提とした接触を試みるなど呑気《のんき》がすぎる。だからと言って、政府や各行政機関の対応は及び腰かつ先走りすぎていた。そのせいで、民衆のあいだには異世界排斥の動きも広まりつつある。

まあ、拒絶したところで、向こうから勝手に来るのだが。

それに、繋《つな》がってしまったものは誰にも離しようがない。

(異世界ってやつは、まったく厄災であり、どうしようもない禍だ)

そこまで暗く考え、黒朗は意識のチューニングをもどした。

今はそんなことよりも、この事態をどうするべきかだった。


「それでは、改めて、死神公女フリージアが問う。覚悟のほどと望みを示せ。死神を前にする以上、魂を刈られても構わぬ気持ちで答えよ。おまえはこの老女をどうしたいのだ?」

「……連れて行きたい場所がある」

「老女にとって、悪影響ではないのか? 『もうすぐ、ここで死者がでるはずだからな』と、私は告げたはずだが?」

「……それはないと信じてる。いいや、言いきれる。俺は約束を果たさなくてはならない」

やや目を逸らしながらも、杉浦青年は真剣な口調で語った。続けて、一度まぶたを閉じた後、表情を切り替えた。正面からフリージアを見据えて、ただの人間は力強く言いきる。

「もしも望みが叶《かな》ったのなら、その鎌で首を落とされても構わない」

カンテラを揺らしながら、フリージアはその様を眺めた。静かに、彼女は紫の目を細める。愚かで、愛しい者を眺めるように。そして、彼女は己の付き人に向けてうなずいた。

「コクロー」

「承知です」

大きめの収納棚に、黒朗は近づいた。中はモノクロの区切りによって、洋服掛けと小物置き場にわけられている。加えて、下段の一角には専用のスペースが設けられていた。

折り畳み式の小型の車椅子が収納されている。この施設独自のサービスのひとつと言える。それをとりだすと、黒朗は手早く組みたてた。

一方で、杉浦青年は呆然《ぼうぜん》としている。なにが起きているのか、理解ができないらしい。先ほどまでの威厳を放棄して、フリージアはその腰をゲシゲシと蹴《け》った。現代日本に降りてきてからというものの、彼女は優雅さのカケラもない物理攻撃を何故か嗜《たしな》みつつある。

「なにを『展開についていけません』みたいな顔をしておる。おまえは、私が昨晩観た連続テレビドラマの聡《さと》いんだか鈍いんだかよくわからん恋愛要員の新人警官かなんかか？」

「フリージア様、その喩えは細かすぎてまったく伝わりません」

「短命種、察しが悪い」

「長命種ハラスメントやめましょ？」

黒朗とフリージアは、いつも通りのふざけたやりとりをくり広げる。ちなみに、当人たちはそれなりに真剣だ。わけがわからないという表情を、杉浦青年はただ深めていく。

彼に向けて、フリージアはゲシゲシを再開した。

「つまり、老女にちゃんと許可をとりつつ、早く起こさんかということだ！　このままでは、おまえの希望の場所へと移動ができんであろうが！」

「えっ？　ちょっと待ってくれ！　まるで俺に協力してくれるみたいに聞こえるんだが？もしかして、俺は本当に首を刈られるのか!?」

「頭部なぞいるか、戯け！　そんなもの、使えもせぬ肉の塊ではないか。そもそも言ったであろう。我々は『死』を観察しに来た！　それは静かなものでも、後悔の拭《ぬぐ》えぬものでも、『おもしろくない』」

キッパリと、フリージアは宣言する。ある意味において残酷で、倫理に欠けた考え方だ。反発を覚えたものか、杉浦青年は大きく眉根《まゆね》を寄せる。だが、フリージアは真摯《しんし》に続けた。

「私はその者が生き抜いた末の『死』が観たい。その果てに、なにが遺るのかを」

一瞬、杉浦青年は目を見開いた。彼は自身のシャツの胸元を押さえる。五本の指で、杉浦青年は隠された肌を強くなでた。それから大きくうなずく。

「ばあちゃん、ごめんね。起きて。今から出かけるよ」

モゴモゴと寝ている老女を、彼は起こしにかかった。

その間に、フリージアは窓辺へ歩いた。右側は開くが、左側のガラスは嵌《は》め殺《ごろ》しになっている。都会ゆえにやや濁った秋の星空を眺めて、彼女は告げた。

「……正面玄関から堂々と出たところで、私を咎《とが》めるものなどおらぬがな。せっかくだ」

「これは、フリージア様、やる気ですな」

「ああ、やるぞ。コクロー、『形あるモノはいずれ崩れる。なれば、この手からは逃れられぬ。私は【死】であるがゆえ』」

パリイイイインッと音を立てて、窓ガラスが割れた。空中に、透明なカケラが浮かぶ。瞬時に、ソレは灰にも似た粉と化した。渦巻きながら、窓ガラスはカンテラの内側へと吸いこまれていく。流石に警報装置の鳴り響く中、フリージアは言った。

「やれ、大騒ぎとなってしまうが、これもまたよし」

「後でちゃんともどしてくださいよー。お高い器物破損は、点数引かれちゃいますんで」

「無論だ。しかし、せっかく死神公女が同行するというのに地を這《は》うなどつまらぬからな」

そうして、フリージアは大鎌の柄にひらりとまたがった。続けて、空いた手を差し伸ばす。ようやく老女を車椅子に乗せ終わった杉浦青年へと、彼女はいっそ無邪気に告げた。

「冒険と行くぞ、若いの」

＊＊＊

「わあああああああああああああっ⁉」

頭上には星の輝き、眼下には街の灯り。

空高く、杉浦青年の叫び。

車椅子の持ち手をぎゅっと摑《つか》んで、彼は必死に空中歩行を試みていた。一方で、相変わらず、老女はモゴモゴと口を動かすばかりだ。そんな二人を眺めながら、黒朗は慣れた様子で胡座《あぐら》を搔《か》いたまま移動していく。大分おもしろい遊泳方法といえた。

「どうだ、どうだ！　愉快であろう？　存分に、童子のごとく楽しむがいい！」

フリージアはといえば大鎌にまたがったまま、高速でヒュンヒュンと飛び回っている。

左手にはカンテラを掲げているせいで、青い光が尾を引いた。まるで、その様は意思を持った流れ星のようだ。今にも泡を噴きそうな様子で、杉浦青年は声をあげる。

「こ、これが、死神の力なのかっ！」

「ヴァカめ、考えが浅いぞ、短命種！　正確には、私が飛んでいることについては死神の持つ浮遊可能な種族特性を利用している！　だが、おまえたちまで飛べているのは、私が基本的な魔術をかなり頑張って発動させているからでーす！」

「うーん、煽《あお》りながらも親切心を発揮している、フリージア様なのであった」

逆さまになりながら、黒朗は解説をつけ加える。

ちなみに病院の窓については、あれから更に一悶着《ひともんちゃく》があった。ガラスを壊してみたはいいものの、縦の幅が車椅子の抜けられる大きさではなかったのだ。

そのためちょっと空間を歪《ゆが》めたり、色々した。

思ったよりも大騒動の末、面々はここにいる。


だからだろう。

今宵も『来た』。

「……フリージア様」

「うんうん、気づいておる。やれ、懲りぬことよな」

夜の中、黒い翼が羽ばたく。

カアッ、と不吉な声がした。

びくっと、杉浦青年は肩を跳ねさせる。きょろきょろと、彼は辺りを見回した。

そうして、気がつく。不気味なナニカが周囲の色と同化しながら、このおかしな一行へと並走をはじめていた。だが、フリージアと黒朗は特に動揺は見せない。闇に溶けた曖昧《あいまい》な輪郭を確かめて、黒朗はただ目を細めた。

黒く艶《つや》やかな鴉《からす》だ。

鴉が、飛んでいる。

この鳥は人間と同程度の夜間視力を備えている。だが、通常ならば日の昇っている間しか活動しない。安全な場所を確保して、朝まで休むのが昼行性の動物の基本だ。それなのに気がつけば黒朗たちの周りには群れが飛び回っていた。フリージアのカンテラに照らされて、鳥たちの身体は怪しく光っている。青の輝きの中を切れ切れに黒が舞う様はまるで幻灯機の生む映像だ。どんどん増えていく存在に対して、杉浦青年は困惑の悲鳴をあげた。

一方で、硬い嘴《くちばし》に掠《かす》められながらも、フリージアは優雅に笑った。

「どこまでも予想の範囲を超えない輩よなあ！『去れ！　死に触れること能わず！』」

一喝し、フリージアは大鎌から降りた。

そのまま、彼女は『空中に着地する』——加えて夜を踏みしめると、武器を大きく振りかぶった。身体を半回転させることで勢いを与えて、一気に空気を切り裂く。

同時に、先ほどの短い呪言によって、刃にまとわせていた魔力を全開放した。

ドウッと、『拒絶の風』が吹く。

「とくと、全羽喰らうがいい！」

青みを帯びた暴風は、黒朗や杉浦青年のことは素通りした。どういう仕組みになっているのか、鴉だけを巻きこんでいく。嵐のような強さの流れに、彼らはもみくちゃにされた。

一羽残らず、鴉たちは遠くへ飛ばされていく。

夜闇の底へと向けて、大量の羽が舞い散った。

その中で、死神公女は大鎌を手に立っている。


美しくも尊大に、フリージアは笑った。びしりと、彼女は虚空を指差す。

「姿を見せよ！　長命種気どりの短命種が！　私の慈悲で魂を失わずに済んでいる立場で、最早、貴様も馴染《なじ》みよなあ。だというのに、未だに挨拶《あいさつ》のひとつも満足にできぬのか？」

応えるかのごとく、示された先に鴉が集まった。小さな羽虫が群れをなすかのように黒が固まる。やがて、ソレは内側から弾けた。先ほどと同様に羽の舞い散る中、黒のスーツ姿の男性が現れた。カッチリした眼鏡と制帽、崩れ気味のオールバックといい、なんらかの公的機関の所属だろうと推測させる姿だ。加えて、彼は妙な陰を背負ってもいる。

その様を見て、杉浦青年と黒朗は叫んだ。

「かっけえええええええええええ！」

「うわあああ、コスプレだああああ！」

「えっ、コスプレなの、あれ？」

「えっ、ああいうの好きなの？」

二人は顔を見あわせる。その前で、出現した男はなんだか細かく震えだしていた。グッと、彼はかっちりとした制帽のツバを掴む。それを深く伏せながら、男はささやいた。

「……頼むから、コスプレとは言うな」

「ほら、やっぱりコスプレだった！　いや、あのね。コスプレ自体はいいと思うんですよ、俺。ただ、時と場合と空気をまったく考えないのは、流石に問題があると言いますかね？」

「コクロー、貴様ー、誰に向けて説明しとるのだー……よっと！」

ふたたび、フリージアは大きな鎌にまたがった。そのまま、黒朗の頭上を逆さまに飛ぶ。かと思えば、ストッと降りた。にんまりと、フリージアは猫のごとく笑う。

「まあ、おまえたちに制服なぞあってはおかしいものなあ。『異世界侵食対抗自警団』よ」

「……小馬鹿にした言い方をするな。そもそも、貴様らが己のものではない世界にて、規律を守らないがゆえ、我々自警団が必要となるのだ」

「えーっと、杉浦青年に一応説明しますとね。異世界と現代社会の接続により、さまざまな影響が多方面へでました。まだ致命的流行《りゅうこう》は見られませんが、変質症状とか、ある種の能力の目覚めとかね。それで、『歓待特権』持ちにも対抗でき……るんじゃ、ないかなあ……どうなのかなあ……うん、夢見るのは悪くないよね……な方々が自警団を結成したのがコチラになります。あと、この人の名前は土山秋吉《つちやまあきよし》さん。バリバリのコスプレ日本人」

「言い方ァ!?」

勢いよく、男こと秋吉は叫んだ。

なぜか、杉浦青年は眉根《まゆね》を寄せる。小さく、彼はうなずいた。ふむと、黒朗は考える。

異世界が現代社会へ及ぼしている影響については、その多くがまだ秘匿とされていた。自警団についても、具体的な警鐘を広く鳴らさないことを条件に、黙認されている節がある。

それなのに、杉浦青年の反応からは、衝撃を受けた様子は見られなかった。異世界が原因である変質について、彼はよく知っているようだ。ぼんやりと、黒朗は思う。

（まあ……そうだろうな）

その間にも、『異世界侵食対抗自警団』の一員こと、秋吉は動きだしていた。大量の鴉を舞わせながら、彼はフリージアへびしりと指を向ける。そして、高らかに宣言した。

「なにはともあれ、死神公女フリージア！　貴様の暴虐も最近においては捨ておけん！　我々の観察網に引っかかったが、病院の窓ガラスを壊し、空間を歪めて、好き放題……」

「『歓待特権・ケース三十四』――事前申告済みの破壊物件については負傷者をださず、五時間以内に修繕を果たせば不問とする」

しんっと、全員の間に重い沈黙が落ちた。鴉たちだけが、カアカアとうるさい。

自警団の秋吉は無言でプルプルと震えた。絞りだすような声で、彼はつぶやく。

「……もしや、ちゃんと申告済み」

「あの室内の物品については全部コクローに頼んでおいた。現世の家は壊れやすいからな」

「昼間の今で隠れ有能な黒朗君です」

フワフワと浮かびながら、黒朗はピースを決める。つまり現段階では、フリージアの行動に違法性はなかった。これでは秋吉側に立つ瀬がない。しばらく、彼は何事かを悩んだ。

だが、一気に鴉の数を増やす。思わず、黒朗は間延びした声をあげた。

「うあー、後にはひけないってやつだー。思ってたよりもダメな大人なんだな、この人ー」

「その意気やよし！　やはり、無駄な意地と根性を発揮してこその短命種というものよ！　特別といこうか！　汎用魔術ではなく、私独自の死神の力で応えてくれる！」

「あっ、フリージア様。人命に干渉するやつは、負傷ふくめ、申請不可なんで無理っす」

「私のが先に攻撃されとるのに!?」

「幼児に殴られてるようなもんでしょうが！」

「幼児でも殴られたら嫌じゃない？」

「だからって、殴り返したらダメじゃない？」

「……躾《しつけ》程度ならよくはないか？」

「そういうのは、親御さんに任せるべきだから……」

「アキヨシ、貴様に父母はおるか？　おまえを殴る許可を得たいのだが？」

「ほんっっっと、バカにしてくれるな、君たちは！　もう許しはしない！」

「何故だ、私は礼を尽くそうとしておるであろうが！」

「ちょっと、ソレは『人の心がわからない長命種ムーブ』に抵触しすぎてませんか？」

「おまえだって散々なところがあるからな、コクロー！」

そう、二人は喧々囂々《ごうごう》と言いあう。カンテラを片手に、フリージアは黒朗をゲシゲシと蹴《け》った。その間にも、秋吉は動きだしている。両腕をまっすぐに掲げ、彼はブツブツとなにかをつぶやいた。鴉の群れを矢のごとくまとめて、秋吉は大弓のごとく放とうとする。

「喰らえ、我が最大の一撃！　漆黒の、」

そこで彼は車椅子に吹っ飛ばされた。

＊＊＊

「おっ？」

「えっ？」

「ぎゃああああああああああああああああああああああああっ！」

ひゅううううっと、秋吉は落下していく。不意打ちのせいで、浮遊魔術が解けたらしい。

ピタッと、フリージアはその身体を止めた。だが、すぐに解除し、植えこみの中へボスッと落とす。目を見開いて、黒朗は杉浦青年を見た。なにが起きたのかといえば、彼が秋吉のことを思いっきり轢《ひ》いたのだ。ダイレクトアタックをかました車椅子の中では、相変わらず、老女がモゴモゴ言っている。その様を指差して、黒朗はたずねた。

「えっと、おばあさんはさっきのやつ、よかったの？　危なくなかった？」

「いや、むしろばあちゃんが、『はて……どちら様かまったくわからんけども、うるさいから吹っ飛ばしちまえ』って」

「モゴモゴしてるかと思えば、そんなこと言ってたの⁉」

思ったよりもバイオレンスばあちゃんだった。ええーっと、黒朗とフリージアは引く。

まあ、ばあちゃんは昔からこうだからと、杉浦青年は笑った。二人に向けて、彼は提案する。

「えーっと、それよりも、さ。急ごうよ。植えこみに突き刺さったままなら追ってはこないだろうし……どうやら五時間のうちには、帰らなくちゃならないんだしさ」

確かにと、黒朗はうなずいた。急いだほうがいいだろう。秋吉とのやりとりで時間を消費してしまっている。ニッと、フリージアは笑った。杉浦青年の提案が気に入ったらしい。

フワリと、彼女は大鎌にまたがった。カンテラを柄にとりつけて、フリージアは宣言する。

「よーし、行くぞ！　全速力！」

秋の月を背負い、彼らは流れ星のごとく宙を飛ぶ。

大鎌や、車椅子や、人の影が、月光に照らされた。

まるで、旧い映画のワンシーンのようでもあった。

＊＊＊

芝生の敷き詰められたなだらかな丘へ、四名は着地する。青空の下で、レジャーシートでも広げれば、さぞかし居心地がよさそうな場所だ。だが、今は重い暗闇に埋もれている。

そこへ、フリージアの元気な声が響いた。

「望まれた座標へ着いたぞーっ！」

「お疲れ様でーす……けど、ここはどこなんです？」

「県の運営する、農業文化公園ですね。ここは芝生に誰でも立ち入り可能な休息場で、ちょっと進むと、フラワーパークがあります。でも、今は……秋だから、花はないですね」

そう言いながらも、杉浦青年は車椅子を押し進めた。顔を見あわせて、黒朗とフリージアは後を追う。細かな砂利の敷き詰められた道を進むと、葉のみの桜となにもない花壇が見えてきた。もう少し進めば秋の花のエリアもあるようだ。だが、ここは閑散としながらも、静かな闇色に染まっている。車椅子を止めて、杉浦青年は語った。

「ばあちゃん、花が好きでさ。入院からの療養が必要になる前によくここに来てたんだ」

老女は無言のままだ。その目は、虚空を映し続けている。

黒の中へと、杉浦青年だけが乾いた声を落としていった。

「最後に来た時は、春でさ。この辺り一面、たくさんの花が咲いていたんだよ……でも、いつか綺麗《きれい》な思い出も全部忘れていってしまうのかもしれない。そう、ばあちゃんは怯《おび》えてた。だから、約束したんだ。もう一度、ここに連れてくるって」

それは、ほぼ無意味な約束だろう。加齢から、人は逃れられない。そして老化は認識や記憶を奪ってしまう。なにより、今は花など咲いてはいなかった。だが、そう理解しながらも、杉浦青年はどうしてもこの場所に来たかったのだろう。

もうすぐ終わりだと、わかっていたからだ。

「……花は見せられなかったけど、約束を果たせてよかったよ」

そう杉浦青年はへらりと笑った。今にも泣きだしそうな表情だ。本心ではちっともよくないのだとわかった。理性では納得できても感情では受け入れられないことも人にはある。

黒朗とフリージアは顔を見あわせた。やがて、フリージアは口を開いた。

「コクロー、申請は？」

「……やっておりませんけどね。正直、俺はこうも思うんですよ、フリージア様」

「なんだ？」

その美しい顔の前に、黒朗は腕をまっすぐに伸ばした。ぐっと、拳《こぶし》を握る。続けて、彼は力強く親指を立てた。

「バレなきゃオーケーです」

「奇遇だな。私もそう思う」

ひょいっと、黒朗は片手を挙げた。フリージアは首を傾げる。だが、黒朗がちょいちょいとてのひらを動かしてみると、ああとうなずいた。パアンッと二人は手を打ちあわせる。

よしっと、フリージアはカンテラを振った。いっそうまぶしくも強く、青い輝きが揺らめく。ふわりと、炎の端が千切れていった。強い光は複数に分離する。宙を漂いながら、ソレらは形を変えた。炎は幻想的な蝶《ちょう》と化す。仮初の命を得たかのように、彼らは辺りを飛び回りはじめた。蝶たちが青の鱗粉《りんぷん》を撒《ま》き散《ち》らす中、フリージアは杉浦青年に告げる。

「まぶたを閉じよ。ついでだ。手で老女の目も塞《ふさ》げ。それくらいは協力できるであろう？」

「ええっ……なあ、もしかして、またなにかをしてくれるつもりだったりするのか？　……死神の協力ってのは値のつけようもないんだろ？　全部は、俺には絶対に返せねえよ？」

「おや？　おまえたちには、サンタとかいう共通幻想存在に対して、見返りを求めることを許す習慣などあったか？」

「はい？」

「つまり、そういうことだ」

にやりと、フリージアは笑う。イタズラ好きを、絵に描いたような表情だ。だが、不思議と、その上品さは崩れていない。ヴェールと喪服のドレスの周りを、蝶が躍った。

炎の羽に照らされながら、彼女は続ける。

「短命種は弱いであろう。ならば、幻想の生き物になど、甘えておけ。死に逝く者は、哀れで、無様で、我が子のごとくかわいいものだ」

そう語る、フリージアの目はどこまでも澄んでいた。

ぎゅっと、杉浦青年はまぶたを閉じる。続けて、老女の視界もそっと覆った。黒朗とフリージアはうなずきあう。青い蝶の数を増やしながら、彼女は歌うように言葉を紡いだ。

「まあ、詠唱も必要ない程度の汎用幻覚魔術だがな。『びびでばびでぶー』というやつだ」

「フリージア様、それ結構危険な領域のところの呪文ですからね、マジで」

黒朗が注意をする中、フリージアは辺り一面を数百、数千の蝶で埋めた。まるで、イルミネーションのごとく、光の洪水が湧き起こる。このままでは、管理者か近隣住民に気づかれる恐れがあった。だが、そうなる前に、フリージアは指を鳴らした。

「さあ、『ショウタイム』といこう！」

現世慣れしすぎな、死神公女の声が響く。

瞬間、蝶たちの身体には罅《ひび》が入った。ガラスが割れるかのように、砂糖菓子が砕けるかのごとく、青色は粉々になる。パッと、ソレは宙に散った。輝きのカーテンが木々や花壇を覆い、後には奇跡としか思えない光景が残される。


すべてに、花が咲いた。

今や一面が美しき春だ。


「……わあっ！　凄《すご》い、凄いよ、ばあちゃん！　まるで、あの日みたいだ！」

まぶたを開き、杉浦青年ははしゃぐ。老女は何も言わない。だが、虚空をさまよっていた目は、確かに焦点を結んだ。淡い黒の目が、大きく見開かれる。

空には桜、花壇には水色や白色やピンクが咲き誇っている。

ひらひらと、風で数枚の花びらが落ちた。もごもごと、老女は何かを言う。杉浦青年は、車椅子を押した。一番大きな桜の下へ、二人はたどり着く。立派な枝を見上げて、老女は目を細めた。その膝《ひざ》の上に花弁が落ちる。小さな唇が、もがもがと動かされた。


――ああ、きれいだねえ。

　そう、老女はささやいた。確かな言葉にはならずとも、それは黒朗とフリージアにも聞こえた。杉浦青年はうなずく。何度も何度も、彼はうん、うん、そうだねとくりかえした。

「すごく、きれいだ」

　短い奇跡の続く間、杉浦青年はずっと泣いていた。

＊＊＊

　帰り道に妨害者はいなかった。五時間以内に、フリージアたちは無事に帰還を果たした。割れた窓ガラスをくっつけ、空間も正す。そうして移動中に眠ってしまった老女を、ベッドへ寝かせた。その頭には桜の花弁がついている。優しく、杉浦青年はそれを摘まんだ。

　もういいかと、黒朗は思った。もう、充分なはずだ。

　厳かに、彼は口を開く。杉浦青年の背中に、黒朗は真面目な調子で語りかけた。

「最後までの僅《わず》かな時間を、こうして使ってよかったんですか？」

「だから……ばあちゃんはまだ死なないって」

「違います」

静かに、黒朗は首を横に振った。ただただ真剣に、彼はその問いを投げつける。

「『あなた』の『最後までの時間』です」

ぐっと、杉浦青年は唇を嚙《か》んだ。しばし、二人は見つめあう。

だが、すべてがバレていることを悟ったのだろう。答えあわせをするかのごとく、杉浦青年はシャツのボタンを外した。彼は服を脱ぐ。先ほど、強く押さえていた布の下から、異質な肌が露わにされた。薄闇の中で、水晶の清浄な光が輝く。

やはりと、黒朗は目を細めた。

杉浦青年の胸から肩にかけての肉は、透き通った異質な鉱物と化していた。

「……異世界と現世の接触を契機に発現するようになった『変質』……その被害者ですね」

「いつから、気づいてたんだ？」

「最初から知ってました。実は、俺のほうは『人の死期がわかる』という、ただそれだけの異能持ちです……そこのおばあさんがショック死をする可能性が万が一にでもないと知らなければ、俺たちだって、派手に連れだしたりはしませんよ。『もしも』が起きたら、フリージア様の『歓待特権』が取り消されてしまうので」

「私は別に、知らんでも行ったがなあ」

「そーゆうの、よくないって言ってるでしょう?」

フリージアのボヤキに、黒朗は応えた。同時に口にはしないまま、彼は思った。杉浦青年が異世界との接触による変質の犠牲者であることは、異能がなくとも推測可能だった。


現在、人民のパニックを避けるため一部の事例は頑なに伏せられている。

そして、人を黙らせるために利用されるものといえば、多額の補償金だ。


(……杉浦青年の両親が、平日の昼間なのに働いていなかったこと。そのわりに、老女を高価かつコネの必要な医療施設に預けられたこと。杉浦青年の呼びだしに即応じ、なだめようとする姿勢なども、全部ココから来ている。彼に政府からの補償がでているからだ)

また、杉浦青年は『死』の話がでるたび老女のほうを見た。そのわりに、彼女は死なないとの主張を続けた。杉浦青年にはわかっていたのだろう。余命僅かなのは己だけであり、黒朗たちの観察対象は自分なのだと。だが、それを老女には知られたくなかったのだ。

服を着直しながら、杉浦青年は疲れた様子で口を開いた。

「……ばあちゃんの施設への永住については、政府の人に口利きをもらったうえに、料金は一括で支払ってある。後は心配いらない。でも、契約には、どうしても親を挟む必要があってさ。アイツらとはずっと不仲だったから……まさか、最後の願いを邪魔されるとは思わなかった」

「他に、望みはないんですか？」

「特にないね……なんでだろうな。やりたいことはいっぱいあったはずなのに、最後にはこれしか思いつかなかったんだ」

そう、杉浦青年は笑った。その明るい表情の裏には、迫りくる死への底なしの恐怖が張りついている。それでも、彼は気丈に告げるのだ。

「ありがとう。マジで、映画みたいな冒険だった」

『E.T.』って知ってる？　と、杉浦青年はとりとめのない話を続ける。私は『エイリアン』のほうが好きだ。俺は『未知との遭遇』が好きですね、と脱線気味に話は続いた。だが、朝が来る前に、杉浦青年は覚悟を決めた顔で言った。

独りきりより、きっといいだろうから。

二人に自分の看取りをして欲しい、と。

＊＊＊

病院から、黒朗たちは去った。

その理由はただひとつだけだ。

元々、彼とフリージアがここへ来たのは、政府機関からランダムに選出された国民のデータを黒朗が確認——言葉は悪いが手ごろな死期の——杉浦青年と接触を図るためだったからだ。死を間近にして、杉浦青年は大学を欠席していた。また、一人暮らしのアパートにすらあまり帰らなかった。唯一、欠かさず姿を見せていたのが祖母の病室だったのだ。

『二人とも、もう、ここに用はないだろう。俺の部屋に来なよ……補償金をもらった後も引っ越さなかったから狭いけど、アンタらだったら別に平気そうだし』

無論と、黒朗もフリージアも了承した。二人とも、別に雑魚寝《ざこね》バンザイタイプである。
そうして彼らは、杉浦青年のボロアパートへと招かれた。

人の死を看取るために。

――一日目
なにが『せっかくだから』なのかはわからないが、『せっかくなので』映画鑑賞会が開催された。『E.T.』に『エイリアン』に『未知との遭遇』までをひと通り観た後、黒朗の希望により、『惑星ソラリス』を観ることとなった。それぞれの感想は以下である。
黒朗「アンドレイ・タルコフスキー監督は好きなので、やっぱりよかったです」
フリージア「余命僅かな者に観せる選択がコレなの、短命種のセンス超怖い」
杉浦青年「色々考えさせられる話だったと思う」
最後は『エイリアンVS.プレデター』で派手に締めてから寝た。

皆が並んで目を閉じるころには、すでに次の日の朝になっていた。

――――二日目

昼に起床。杉浦青年が、目玉焼きに醬油《しょうゆ》を無断でかける。ケチャップ派の鉄の掟《おきて》により、フリージアがブチ切れ。一触即発の空気になりかける。だが、黒朗が全部食べたうえに、サニーサイドダウンで焼き直す。完成した新目玉焼きに、フリージア、杉浦青年共にノックダウン。この焼き加減なら塩胡椒《しおこしょう》でもいいとの結論と和解に至る。だが、黒朗自身は己の分をソースでドバドバにしてドン引かれた。

――――三日目

フリージアが欠かさず観ている、連続ミステリードラマの謎解きに挑むこととなる。テレビ局のアーカイブ配信で履修を終え、杉浦青年も参戦。三人の知恵をだしあい、なかなかの結末を構築する。だが、ドラマ自体は劇場版に続くで終わった。フリージアがテレビをぶっ壊して直した。他の誰にも見られていないので、この破壊行為はセーフである。

風呂場《ふろば》の入り口に、大きめの水晶のカケラが落ちていた。

――――四日目

黒朗から話を聞き、杉浦青年がフリージアのファストフードファイトを見てみたいと言いだす。手近なショッピングモールのフードコートへ移動。一店舗だけではつまらないからと、ハンバーガーにたこ焼き、焼きそば、うどん、ドーナツ、ソフトクリーム、ラーメンをふくめた異種格闘技戦へ発展する。最終的に全部食べたフリージアに、杉浦青年が『人間じゃねえ』と当たり前なことを言う。帰宅時、いささか食べすぎたので口をサッパリさせたいと黒烏龍茶《ウーロンちゃ》のどデカいペットボトルを購入。杉浦青年が荷物を持ちあげた時だ。

その手首が、パキンッと折れた。

変質部位の、崩壊がはじまった。

――――五日目

政府の秘密ダイヤルより連絡。医者が派遣されるが打つ手なし。専用の施設への収容をもちかけられるが、拒否。強制移送をされかけるものの、フリージアが一掃。黒朗と代表の話しあいのもと、看取りを一任される。杉浦青年は震えてはいるが、痛みはないらしい。

異世界の侵食は、肉や神経の常識を超えて進む。ある意味、ソレだけが救いと言えた。
夕飯は味噌鍋《みそなべ》とした。フリージアが食べさせてやると、杉浦青年は『黒朗さんじゃなくって、アンタがそうしてくれるのはナンカおっかないなあ』と言いつつもそこそこ食べた。

――――六日目

朝起きたら、布団の上に水晶化した足首が落ちていた。一日中、ずっと泣き声が続いた。一転して、フリージアはただただ静かな眼差しを注ぐようになった。黒朗が、トイレなどの介護を行う。杉浦青年を運ぶたび、パラパラと大量の結晶が落ちた。

――――七日目

こわい。怖い怖いこわい。死にたくない。こんな目に遭いたくなかった。異世界が憎い。なんでだよ、なんでおれなんだよ。あんたら満足か？　こんなおれを見て満足か？　観察してたのしいのかサイアクだな……うそ、嘘だどこにも行かないでくれ。そばにいてくれよ。こわいこわいこわい、おれはこわいよ。フリージア、こくろう。

もう、目がみえないんだ。

――八日目
やるよ、と杉浦青年は口にした。妙に無邪気で、穏やかで、壊れたような言い方だった。

きっと、キラキラしてきれいだからおれをもっていっていいよと。

きねんに。そうだきっときねんになるから。もってて。ああ……。

ばあちゃん、げんきかな。

――九日目
然るべき機関に、黒朗は電話をした。そうして、告げた。
『終わりました』と。
布団の上には、人の形をした水晶の破片が散らばっていた。特殊な遺体保存袋を持った清掃員が訪れた。弔いを述べることもなく、彼らは迅速に破片を専用の掃除機で回収した。

この度の『死』の観察は完全に終了した。

フリージアは、さよならを言わなかった。

＊＊＊

窓からは、秋の風が吹いている。

今日も、老女は虚空を見つめていた。そこにフリージアは近づく。

彼女は、しわくちゃな老女の手にひとつのカケラを乗せた。杉浦夫妻には奪われないよう、なくすこともないよう、錯覚と帰還の魔術をかけた品だ。キラキラ輝く透明な破片を固く握らせて、フリージアは言い聞かせる。

「……これはあなたの大切だった、あなたを大切にしていた者の一部だ。死神として、最早魂の残らぬ遺骸《いがい》の重要さはまるでわからぬ。それでも、遺したものだ。大切にしてやれ」

返事はない。恐らく老女がその意味を理解することはなかった。だが、確かに一瞬だけ、彼女の目は焦点を結んだ。水晶の輝きを、老女は網膜に映す。そして、小さくささやいた。

――ああ、きれいだねえ。

それは、夜の公園で紡いだものと同じ言葉だ。

これでもう病室に用はない。酷薄な話かもしれないが、老女のその後も知りはしなかった。黒朗とフリージアは病院をでる。風は冷たさを増していた。空は重い灰色をしている。いつか来た遊歩道を逆に進みながら、黒朗はたずねた。

「なにか、わかりましたか？」

「わからぬ。だが、果たせても意味のない約束を、それでも人は果たそうとするのだな」

「フリージア様、それは違います。本当は、あなたにだってわかっているはずだ……確かに、彼の足掻《あが》いたことの意味はありましたよ」

嚙《か》みしめるように、黒朗は言い聞かせる。彼は手の中の水晶へ視線を落とした。本当は、変質化した人体の持ちだしは大罪だ。だが、フリージアも同じものを持っている。

そして、老女の手にも、ソレは握られていた。

キラキラと光りながら、側にいる。

「意味は、あったんですよ」

死神公女フリージアはうなずかない。
だが、否定することも、しなかった。

そうして、二人はその場を去る。

次の『死』に、立ちあうために。
看取りの末、答えを知るために。

いつか、さよならを知るためだけに。
死神公女は付き人と共に現世を歩く。

2

「お兄さんさ、人間の『死』に興味がある、異世界関係の人なんでしょ？」

接触と同時に、歌うかのごとく滑らかな口調で、少女はそうささやいた。


思わず、黒朗は目を細める。

彼の前にはピンクと黒を中心とした、地雷系と呼ばれがちなファッションの少女が立っていた。一部が人工的な毛質の髪も、二色に塗りわけられている。

計算された配色は完璧《かんぺき》で、どこか人形じみた愛らしさを見せていた。だが、せっかくかわいらしい装いをしているというのに、その瞳《ひとみ》の中には虚無が溢《あふ》れている。彼女は『今にも人を殺しそう』な物騒な表情をしていた。それなのに声ばかりは明るく、少女は続ける。

「私、自分の死ぬ日が近いのを知ってるんだよね」

その言葉を聞き、黒朗は静かに目を細めた。普段は明るくも気だるげな顔面に、彼は見えない罅《ひび》を入れる。だが、すぐさまそれを消した。涼しい声で、黒朗は淡々と問いかける。

「……それはなかなかにお気の毒かつ、珍しいことですね。外れたりはしないんですか？」

「無理だと思う。前に、異世界の預言師とかいう人に教えられた。マジで大きなお世話。あの人に預言された人は、実際に皆死んでる。それで、あと四日ってときに現れて、コッチをチラチラ見てくるってことは、お兄さんもその関係なのかなーって」

語りながら、少女は黒朗の前の席へと勝手に座った。

ここは二十四時間営業のファミレスだ。

セルフサービスの水に加えて、ドリンクバーも完備しており、全体的に安さと近代性を強調するかのような、開放的で明るい造りをしている。だが、個々のボックス席には木製の高い仕切りが設けられており、簡易的な個室感覚で使うこともできた。

そのせいか、長居をする客の数も多い。回転率が心配になるところだ。だが、フランチャイズのオーナーの方針で、利益よりも地域密着を優先した運営を心掛けているようだ。

この少女も、そんなファミレスに入り浸る人間のひとりだった。

最奥のボックス席にて、親友とよく時間を潰《つぶ》しているとの確認がとれている。だが、自分から話しかけてくるとは思わなかった。そう、黒朗は考える。彼のアイスコーヒーを、少女は勝手に手にとった。ガムシロップを三個注ぎ、クリームはなしで飲みはじめる。音を立てて、彼女はストローにピンクのリップ跡を残した。そうして挑発的にたずねる。

「死ぬ人間の訪問って楽しい？」

「正確には……俺じゃないから」

「うん？」

「あの人」

ピシッと、黒朗は別の席を指差した。

隣のボックス席には、フリージアがひとりで座っている。

何故、黒朗と離れているのかといえば注文量が多すぎるせいだ。

机の上には鉄板ハンバーグとデミグラスオムライスのランチセット。唐揚げとフライドポテトのスナックボックスに、モンブランパフェとコーヒーゼリーが並べられている。

それらに加えて、現在のフリージアはずぞぞぞと和風明太子のクリームパスタを吸いこんでいた。なんか、そういう生態の新種の動物みたいな勢いだ。

その外見は美しい。だが、彼女の行動の奇天烈さは、『死』の観察者のものとしては予想外すぎたのだろう。ピシッと、少女は顔を凍らせた。それから、慌てた声で叫ぶ。

「パスタ飲んでんのに!?」

「パスタ、飲んでるのに」

あの人

こくりと、黒朗はうなずいた。場のシリアスな空気は、見事にぶっ壊れている。

思わずといった様子で、少女は頭を抱えた。うえー、マジかーという声が響く。そこまで驚かれると同時に、嫌がられるとは相当だ。一方で、フリージアは怒涛《どとう》のごとく、吸引を続けている。彼女が喉《のど》を詰まらせる前にと、黒朗は動いた。メロンソーダをとりに、ドリンクバーへ向かう。彼がもどる頃には、ちょうどえふえふと控えめな咳《せき》が聞こえてきた。

「フリージア様、死んじゃダメですよ」

「えふえふ……ごげっ、ぐっ、ごっ」

「いけない。コレは死ぬかもしれない」

「死神は……死を知らぬ、はずだが、えふえふ」

「曖昧《あいまい》じゃないっすか」

人間の死の観察をする、さよならを知らない死神がいる。

そして、普段、彼女は、あんまりそれらしくはなかった。

＊＊＊

「では、改めまして……」

「うーん、なにが改めましてなのかはよくわからんのだがのう」

「それを言ったら、おしまいなんですよ」

「なんだかのう……」

黒朗がたしなめ、フリージアはブツブツ言う。

その前で、黒とピンクに彩られた少女と、制服姿の少女は、不機嫌に目を細めた。

「さっきからなんなの、この二人組」

「私は後から合流したわけだけど、わけがわかんないことだけはわかる」

改めて、黒朗とフリージア、地雷系の少女とその親友は、同じ席に着いていた。

あっちからこっちへ、こっちからあっちへと、店内を移動しすぎにもほどがある。だが、フリージアの注文数の多さによって、許されている面も少なからず存在した。そのことを、彼女自身も理解しているようだ。追加で、フリージアはチョリソーとハッシュドポテトのおつまみセットを頼む。続けて、目の前のメロンソーダをそっと前へ押しだした。

慈愛の微笑みと共に、フリージアは告げる。

「おっと。どうやら混乱をさせてしまったようで、悪かったね。私の名前はフリージアだ。友好の証にいかがだろう？　これでも飲みたまえ」

「ドリンクバーを人に回さないでくれる？」

「ちょっと、私もそれはどうかと思います」

「ちゃんと新しいグラスなのだが。長命種ジョークなんだが」

「フリージア様、伝わらないことするのやめましょうよ」

　黒朗に言われて、フリージアは頰を膨らませた。こちらも新品のストローを開けると、彼女はメロンソーダをブクブクさせはじめる。それもマナー違反ですと、黒朗は叱った。

「知っててやっとる」

「余計に許されない」

　二人の様子を前に、少女たちは毒気を抜かれたような顔をする。

　ハアッと大きくため息を吐いて、地雷系の少女は唇を尖《とが》らせた。

「もう、なんかいいや。勝手に敵意見せてコダワリ続けたって、こっちがバカみたいだし。私はマオ。この子は、ユウカ」

「よろしくお願いします」

　ユウカと呼ばれた少女が頭をさげる。さらりと、艶《つや》やかな黒髪が揺れた。こちらの少女は紺を基調とした、上品な制服を着ている。光沢のある白のリボンが特徴的だ。私立内でも格式高いと有名なお嬢様学校のものだった。時間帯を見るに、高校を抜けてきた可能性がある。だが、実に堂々とした涼しげな様子で、ユウカは己のアイスティーを吸いこんだ。

「で、あなた方は人の死に興味があるんですか？」

「私は死神であり、わけあって現世の死を収集している。理由を語る気はない。だが、そうだな――遺体に集る蝶《ちょう》の一種だとでも捉《とら》えてくれ」

そう、フリージアは温度のない声で告げた。恥じることもなく、彼女は言いきる。

「死は、私の領分だ。この目から隠すことこそ、不遜《ふそん》だと思うが？」

「強欲で、素直ですね」

それだけを言うと、ユウカは琥珀色《こはくいろ》の液体を半分飲み干した。切れ長の目で、彼女はフリージアの双眸を確かめる。死神公女の整った顔に並ぶ、漆黒の表面は揺らぎすらしない。

その様を見つめて、ユウカは唇を緩めた。

「そういう人、嫌いじゃないですよ」

「ちょっと、ユウカ？　こっちは見世物にされそうになってるんだけど？」

「いいじゃない、見世物。ある意味、人間なんてすべて見世物小屋の怪物なんだから」

「そちらのお嬢さんは、厨二《ちゆうに》病ですか？」

「アンタのことは嫌いです」

「何故⁉」

理不尽ではと、黒朗は声を跳ねさせた。だが、マオのほうも、ソレはわかるーとうなずき、ケラケラと笑った。どうやら女子高生に対して、黒朗は評判が悪いようだ。それなりに、彼はショックを受けた表情を作る。むむっとフリージアはメロンソーダを飲み干した。死神公女は付き人の頭を抱える。彼女なりの方法で、フリージアは黒朗を慰めはじめた。

「コクロー、ヨシヨシ、ワシャワシャ、よーし、よしよし」

「人間扱いを放棄しながら撫《な》でるの、やめてくれません？」

マオとユウカはクスリと笑った。その様を横目で見て、黒朗は判断する。どうやら二人の気持ちを落ち着ける役には立ったようだ。クスクスと笑いながら、マオは手を伸ばした。

「アハッ、思ったよりもオモシローイ！　ユウカ以外の人と話したのに、楽しかったのは久しぶりかなあ。お礼に、お兄さんとお姉さんにはイイコト教えてあげるね」

スッと、マオは黒いスカートのポケットに触れた。中から、彼女は円形のピルケースをとりだす。その表面には、ピンクの布が張られ、スズランの刺繡《ししゅう》が刻まれていた。パカリと、マオはソレを押し開く。丁寧な所作とは真逆に、彼女は中身を机の上へ放り落とした。

コトンッと、銀色のカプセルが転がる。

側面には、薔薇《ばら》の模様が刻まれていた。

猛烈に嫌な予感に、黒朗は駆られた。それを肯定するかのごとく、マオはささやく。

「そう【異世界産】の【クスリ】だよ」

存在してはならない、禁制品だった。

異世界からの物品輸入は一部の特例を除いて固く禁止されている。物によっては、死罪すらも適用されるほどだ。特にクスリともなれば、その効果にもよるがまちがいなく大罪にあたる。それをわかっているのかいないのか、マオはチェシャ猫のような笑みを浮かべたままだ。静かに、黒朗は目を細めた。重く、フリージアは口を開く。

「いったい、ソレをどこから手に入れたのだ？」

「ふふふっ、言ーわない……だって、誰も見つけてくれないんだもん」

ネイルアートをほどこした爪で、マオは銀のカプセルを弄《もてあそ》んだ。ハートと蝶の形のチップが、カチカチとぶつかる。だが、そのままひっこめるのかと思えば、彼女はクスリをフリージアのほうへと転がした。イタズラっぽく、マオは告げる。

「コレはプレゼントするね。効果を確かめて調べてみるといいよ」

そうしたら、私の『死』がもっと愉快なものになると思うから。

艶っぽく、マオは笑う。ユウカは何も語らない。無言のまま、彼女はアイスティーを空にした。銀のカプセルを、フリージアは摘まみあげる。黒朗へと、彼女はソレを手渡した。

「コクロー」

「承知です」

銀のカプセルを、黒朗は受けとる。そしてパクリと、ソレを口に入れた。

大きく、マオは目を見開く。ユウカも同じだ。二人は驚愕《きょうがく》の声をあげる。

「えっ」

「嘘ッ」

ごくりと、黒朗は飲みこんだ。ぐるりと視界が回る。

ぱたりと横向きに、彼はソファーの上へ倒れ臥した。

まぶたを開くと、黒朗夏目は自由だった。

これ以上なく、今の彼は解放されている。

＊＊＊

否応なく己に課されていたくびきから、黒朗は逃れることができていた。そう、現在の彼は、本来ならば生涯ありえないはずの実感を抱けている。この一連の感覚は、曖昧で概念的なものだ。それでいて、黒朗には妙に強く断言することができた。

今の彼の目には、見たいもの以外は映らない。

『人の死期』がわかる異能の力は失われていた。

ならば、こんなところにいる理由もなかった。

平凡で平穏な、ただの人間としての日常に復帰しなければならない。それこそが、本来の彼が望んでいた真っ当な人生だ。レストランのボックス席から、黒朗は立ち上がろうとする。だが、ジャージのポケットから、ナニカが滑り落ちた。カチンと音を立てて、透明な水晶が転がる。とても綺麗《きれい》な輝きが、目を刺した。

大事なモノなのだと、わかった。
しかし、その正体はわからない。

深刻な目眩《めまい》を覚えて、黒朗はビニールレザー張りの席に腰かけ直した。そこで気がつく。彼の目の前には、誰かが座っていた。黒のヴェールと喪服が似合う、神秘的な美少女だ。明らかに、彼女は現世の人間ではなかった。だが、ならば、どこの誰なのかと聞かれても説明はできない。今の黒朗の中からは、そのために必要な情報と記憶は失われていた。

少女の名前が思いだせない。
ただそれがひどく辛かった。

『コクロー』

独特の調子で、彼女はささやく。

何故、そんな風に黒朗を呼ぶのだろうか。自分たちはどんな関係なのか。わからない。

そう、黒朗は戸惑う。彼の前で、彼女はメロンソーダを思いっきりブクブクした。顔の美しさに見あわない、ふざけた行動だ。最初に、炭酸ジュースを飲んだときには、似たものは自分のところにも存在してはいたが、こんなに強くはなかったと目を白黒させていたというのに。悪い遊びを覚えてしまったものだ。そんなことがぼんやり頭をよぎる。

叱るべきか否かを、黒朗は迷った。プハッと息を吐き、少女は不機嫌に告げる。

『根性でもどってこんか、短命種』

『おまえがいないと、さみしいぞ』

ああ、彼女がそう言うのであれば。

本来の地獄も、帰還するに値した。

だから、黒朗夏目はまぶたを開いた。

＊＊＊

「おはよう、コクロー。どうだった？」

問われて、黒朗はまばたきをした。夢の中と同様に、向かいの席にはフリージアが座っている。だが、マオとユウカの姿は消えていた。ずいぶんと店内は静かになっている。同時に、浮かれているような、疲れているような、独特の妙なざわめきが底には沈んでいた。

首を伸ばして、黒朗は全面ガラスの向こう側をうかがう。

いつの間にか、夜になっていた。

照明の強さのせいでファミレス内はコントラストが濃くハッキリとして見える。なにもかもが鮮やかだ。漆黒のフリージアだけが、そこに落とされたインクの染みのようだった。

日常の中に紛れこんでいる、明確な異分子だ。

どう見ても、彼女は異世界の存在でしかない。

「……さっき、俺はフリージア様のことを忘れていましたよ」

「そうであろうな。酩酊《めいてい》状態のおまえからは、忘却の魔術の匂いがした。まあ、そういうところを分析するために飲ませたわけだが。危険だったかもしれんな。悪かった」

「別にいいですよ……で、特定人物のことだけが記憶から消えるのは不自然なんで……それに、俺は杉浦青年の水晶のことも認識できなくなってました。つまり」

「異世界にまつわる記憶に干渉するクスリ、か」

端的に、フリージアは判断をくだす。それに対して、黒朗はうなずいた。

また、語ることは避けたものの服薬をすることによって、彼はかつてない解放感を覚えた。己の異能についても、忘れることが叶《かな》ったせいだ。クスリの影響なくして、そんな奇跡が成立するはずもない。ならば、効能は、フリージアの言う通りでまちがいないだろう。

だが、何故。

「異世界の存在が、そんなクスリを作る？」

そのメリットだけが、どうしてもわからなかった。

＊＊＊

昨日の敵は、今日の友という。だが、別に和解もしていないうちは引き続き敵だ。

そうだというのに、今、ファミレスの中には黒色のカッチリした制服姿があった。


『異世界侵食対抗自警団』の多分そこそこ偉い人こと、土山秋吉である。


「ファミレスなんかに、敵対組織の人間を呼びだしてどういうつもりだ」

「いやー、まさか来るとは、こっちこそ思わなんだ」

「むしろ自警団のSNSアカウントが、普通にDMを受けつけてるのってどうなんです？」

「『秋吉さーん。話聞いてくださいよー』って送ってくる奴がいるとは思わんだろうが！あと貴様ら、返信しなかったら絶対に『この人の名前は秋吉ですー。趣味はコスプレです』とか言いまくるつもりだっただろ！」

「うん」

「そう」

「開示請求して勝つぞ!」

「現行法と体制に逆らいまくりの自警団が、こういうときだけ健全な一般市民にのみ許されるべき恩恵に与ろうとするな。見苦しいぞ」

飄々《ひょうひょう》と言いながらも、フリージアはメロンソーダを飲んだ。昨日の今日で、その毒々しくもポップな色合いで、炭酸がうるさく、甘ったるい飲み物を気に入ってしまったらしい。

「ご注文、お待たせしましたー」

「うむ、ご苦労……来た、来た」

そんな彼女の前に、店員が五段重ねのパンケーキを置いた。

一段が通常、二段が豪華版で、三段以降はオプションで増やせて、五段目が最大値というタイプだ。頂点には、バニラアイスまで載せられている。別添えのメープルシロップを、フリージアはパティシエのごとき優雅さで垂らした。そうしてクリームも増量注文済みで、苺《いちご》とバナナも追加したもりもりな一皿を、そっと前へ押しだす。

「ご足労願った礼だ。食べたまえ、アキヨシ君」

「殺すぞ」

「どストレートな殺意! 甘いの嫌いですか?」

「限度があるし、キャラ性が壊れるだろうが!」

「キャラ性とは……仕方ない、ここは『ハピ★シェア』することとしよう」

「言い方ァ！」

怒鳴りながら、秋吉は机を殴る。

それを無視して、フリージアはパンケーキを切りわけはじめた。ちゃんと等分になるよう気をつけながら、皿の上にそこそこ綺麗に盛りつけていく。最後に美しく果物も添えた。

「アキヨシ、ほれ」

「………ふんっ」

不機嫌な顔つきをしながらも、秋吉は皿を受けとった。別に甘いものが嫌いなわけではないようだ。適度なサイズに、フォークで甘味の山を切り崩しながらも、彼はたずねた。

「それで、今日は、いったいなんの用だ」

「【異世界】産の【クスリ】が確認された」

フリージアの言葉を聞き、秋吉は静かに表情を変えた。ザクリと、彼はパンケーキを突き刺す。ザクザクと獰猛《どうもう》にフォークを進め、バクッと犬のように食べた。ソレを規則正しくくりかえして、彼はあっという間に皿を空にした。シロップで汚れた陶器の上に、秋吉はフォークを投げ捨てる。カランッと、硬い音が鳴った。

「詳しく話せ」

「パンケーキを平らげたのには、なんの意味が……」

「目の前に、雑念の素があっては邪魔だった」

淡々と、秋吉は言いきる。真剣な口調に、遊びが入る余地はない。それを理解して、フリージアはうなずいた。トントンッと、彼女は黒色の爪で机を叩《たた》く。続けて、ツイッと指を踊らせた。卓上に、銀のクスリが出現する。勢いよく、秋吉は腰を浮かせた。

「それが……」

「まあ、待て。コレは単に幻覚による再現だ」

「なに？　どういうことだ？」

「実物については、黒朗がもう飲んだからな」

「うぃっす」

「何故、そんなことを……成分の分析は」

「不可能だ。薬草を調合した『薬』についてはできるがな……異世界存在が作った【クスリ】は特製の殻に入れることで、各々の魔術を無理に固定化したような代物だ。発動させるまでは、外殻が厚すぎて中身が見えん。しかも、すぐに霧散するとくる。詳しく知るには飲むしかない」

「だからと言って、服用には危険もともなうだろうに」

「まあのう。だが、なんとかなった。で、コレは『異世界と関与するもの、すべての記憶を一時忘れさせる』効能を持っていることが判明した」

納得できていない表情のままだが、秋吉は座り直した。革手袋に包んだ両手を組みあわせて、彼は片眉《かたまゆ》を跳ねあげる。腕を組んで、秋吉は実に不思議そうに問いかけた。

「……そんなピンポイントなものを、何故作った？　それだけじゃない。効能が発揮されている間は、売人のことも忘れられてしまうだろう？　儲《もう》けに使うには効率も悪い」

「そこよな。ならば、コレは流通とは別の目的で作られたモノと思う」

「……誰が持っていたんだ？」

問いかけられ、フリージアは目を細めた。だが、二、三回、言葉を形にしようと試みたものの、彼女は口を閉じてしまう。真剣な表情こそしてはいるが、特に理由はないらしい。どうやら、単に説明が面倒すぎてフリーズしたようだ。代わりに、黒朗が話しはじめた。

「……ここのレストランで会いました。マオさんと言うんですが」

自身の死ぬ日を、以前に預言師より伝えられたという少女。

マオとユウカ。親友の二人と、銀のクスリ。不思議な言葉。

そうしたら、私の『死』がもっと愉快なものになると思うから。

「……心当たりがあればご協力を願えませんかね？」

「待て……預言師……おまえ、預言師と言ったか？」

するりと、秋吉は己の顔を撫《な》でた。数秒間、彼は考えこむ。

フリージアと黒朗は首を傾げた。その様子を見て、秋吉は呆《あき》れた口調で続けた。

「おまえたちこそ知らないのか？　預言師は有名だぞ」


異世界産の、ド変態だ。


黒朗と、フリージアは顔を見あわせる。

すっごく、聞きたくない話な気がした。

＊＊＊

聞けば預言師とは、一時期都市伝説的な存在だったのだという。

彼は類い稀《まれ》なる『現世通』でもあった。なにせ、その格好はアメリカ合衆国のシリアルキラー。キラー・クラウンこと、ジョン・ゲイシーを真似ていたというのだ。
その現世に対する耽溺《たんでき》ぶりと異常性は計り知れない。加えて紅い風船まで持って、各地に出没していたというのだから、まちがいなく強制送還したほうがいい逸材だ。

実際に、彼は多くの規則を破った。

複数の現世の人間――多くは子供――に向けて、預言師は『確定している中で最も聞きたくないであろう未来』を語り聞かせたのだ。そのほとんどは、若くして亡くなる日時であった。現世の未熟な短命種は死に慣れ親しんではいない。与えられた凶兆に、多くの者が精神を崩した。物理的な損傷は与えていなくとも、十二分に現世への加害行為といえる。
「当時は自警団だけでなく、政府側と異世界側、両方から指名手配がなされたはずだ」
しかし、預言師の拘束は果たせなかった。それだけではない。

こつぜんと、彼は消えたのだ。

だが、預言師の愉快犯としての性質を鑑みれば、長期間の潜伏は不可能だろうと考えられた。やがて、奴は飽きて姿を現す。その予測のもと様々な人物や異種族が警戒を続けた。

だが、一向に、彼は現れなかった。

最終的に、ある結論がくだされた。

「……ああ、あった。共有の上で保存していたものだが、預言師の当時の指名手配写真だ。名前は『サマエール・レジャンテス』――おまえの異能で、ここからなにかわかるか？」

秋吉はスマホの画面を示した。そこには、目の縁を青く塗り、唇を紅く誇張した、白塗りのピエロの姿が映っている。満面の笑みからは純心ささえ放たれて見えた。それが逆に醜く不気味だ。しばらく、黒朗はふざけた姿を注視した。それから、ゆっくりと口を開く。

「……この人は、不死か、寿命操作系の魔術は使えますか？」

「使えない。才能が預言のみに特化していたことからコンプレックスをこじらせたとも、己の悲報を知って壊れたとも言われている」

「寿命を弄れない人だというのに俺の『目』には死亡日時が見えません……つまり、です」

もう、預言師は死んでいますね。

重く、秋吉はうなずいた。

当時も、同じ結論がくだされたのだという。捜索隊の中に『死』を確認できる能力者はいなかった。だが、預言師の移動による魔力残滓《ざんし》が、ある日を境にゼロなことが確かめられた。潜伏にしても、度がすぎている。恐らく、亡くなったのだろうとの結論がだされた。

だが、預言師がどこで、何故死んだのかはわからない。

「そこに、なにやら大きな秘密がありそうよな」

パンケーキを、フリージアは口に押しこんだ。

＊＊＊

「アキヨシには告げなかったがな。【クスリ】は、恐らく、その預言師の作だ。忘却の有効期間が短すぎるうえに、用途が謎。誰かに『預言について忘れられるような品を作れ』と脅迫され、不得手ながら必死に形にしたのであろうよ」

澄んだ青空の下で、フリージアは語る。

予測はついていたと、黒朗はうなずいた。マオの前に現れたという、預言師の存在。彼の加害行為。異世界と関与するすべてを忘れさせられる、【クスリ】——これらの断片からは一本に繋《つな》がる糸の存在がうかがえる。また、黒朗は『もうひとつ、別の情報を持ってもいた』——すべてを合わせた時、なにが現れるかはまだ見えない。

「ところで、ようやくファミレスから出られてよかったですね」

「ん？　なんでだ？　まだメニューを全種類制覇しとらんから、猛烈に未練があるが？」

「……アレで、まだ制覇できてなかったんですか」

「限定のラムの鉄板ステーキが売り切れておった」

「それ、事実上制覇してますって」

呆れた声で黒朗は言った。なにせ、彼が寝ている間に、フリージアは四種のカレーフェアも全部潰《つぶ》したらしい。辛さの段階違いまでをも味わったというのだからもう充分だろう。

そんなことないぞと、フリージアは唇を尖《とが》らせた。

「全制覇とは、メニューのすべてを味わったときにのみ、得られる称号なのだ」

「称号なんすか」

「実績解除ともいう」

「フリージア様、現世に慣れすぎじゃないですか？　異世界もどれるんすか？」

「私にもわからん」

「わかんなかった」

本日、二人はファミレスから脱出を果たしていた。

それでどこに来ているのかと言えば、大手私鉄を使い、乗り継いだうえに、レンタル自転車を借りて見知らぬ更地を訪れている。ちなみに軽犯罪については無視する方向性で、二人乗りをキメていた。もちろん、ずっと黒朗が漕《こ》いでいる。横向きで品よく座りながら、フリージアは温かな声援を送る係を果たしてきた。


――ゴーゴー、コクロー。ファイトー、根性見せろーっ！

――フリージア様、根性論好きっすよね。


ちなみに、すべてはこの死神公女の指示による移動である。

「死者が相手ならば、死神の出番ゆえな……大体こういう輩の魂は、消滅することができずに、こびりつくように残っておるものだ。【クスリ】から発せられた魔術の特徴の情報と合わせれば、現在、どこに死体があるのかも感じとれるというものよ」

「改めての説明に感謝感激……でも、今の今まで発見と回収をされていないってことは、異世界側の協力者に死神はいなかったんですね」

「まあ、自分で言うのもなんだが、私は希少種だからなあ……」

「そうなんですか？」

「『神』ってついとる時点で結構凄《すご》いし……」

「確かに……」

「今気づいたみたいな顔された……」

「俺ってば不敬……」

「世が世なら処刑よな……」

「えっ、そうなの？」

「そうだよ」

「……痛いのは嫌ですねぇ」

「ギロチン系統の処刑器具って、こっちにはもうなかったか？」

愉快で意味不明な会話を交わしながら、二人は進む。

辺りは、古い建築物の撤去と再開発が進められているようだ。だが、明らかに邪魔であ

ろう、洋風の廃屋が不自然に残されていた。権利関係の問題から触れられないのだろうか。あるいは、ただの人間には見えていないかだ。

「……下手くそだが、認識への干渉魔術がかけられておるな。突破して進むぞ」

「了解しました」

しずしずと、フリージアは威圧感のある屋敷の前へ進む。

短い階段を上った先には、異常繁殖した蔦《つた》によって覆われた扉がそびえていた。息を吸いこみ、フリージアは高貴な礼を披露する。そこから、彼女は漆黒の目を光らせて告げた。

「死神公女として、破らせてもらおう。『大鎌切り捨て御免の舞』！」

「すげえ物理」

フリージアは封じられた扉を一閃《いっせん》した。轟音《ごうおん》をあげて、瓦礫《がれき》と化した板が倒れる。

玄関ホールには乾いた空気が広がっていた。ここからでも一階、二階共に奥行のあることが推測できる。黒朗は、広大な屋敷の捜索をはじめるのかと思った。

だが、迷うことなく、フリージアは階段横の柱時計を蹴倒《けたお》した。その後ろから、隠された扉が露わになる。カンテラを現出させて、彼女は地下一階へと向かった。急角度の石の階段を、二人は下りていく。青い炎を掲げ、死神公女はつぶやいた。

「ふうん、そうか……なるほどのう」

目の前では、預言師が絶命していた。
かなり残酷な死に方と判断ができた。

＊＊＊

預言師の死骸《しがい》は、凄惨《せいさん》な代物だった。
全身の皮膚は溶け、蝿《はえ》が集っている。

だが、それだけではなかった。

まず、右耳がない。傷口は意外にも滑らかだ。鋭利な刃物によって切断されたようにも見える。打って変わって、左の耳たぶには錆《さ》びた釘《くぎ》が突き刺されていた。右の眼窩《がんか》には中身がない。頬には針でも刺したかのような小さな穴が、無数に空いている。見える範囲でだが、足や腕にもヘアアイロンによるものと思われる、特徴的な形の火傷痕《やけどあと》が確認できた。
そこまでを眺めたあと、黒朗はふむとうなずいた。

「あのですね、フリージア様」

「なんだ、コクロー」

「ここまで遺体の損壊が目視で確認できるということは、預言師が死んだのは最近では？」

「だなあ。魂のほうにも、一箇所に留まりすぎたがゆえの澱《よど》みや変質がまだ見られん。ピッチピチに新鮮よのう」

「『獲れたてのお魚』的な言い方やめません？」

「なんとなくだが、やめぬ」

「なんとなくかあ」

うーんと、二人は腕を組む。

茶番のごとくふざけながらも、黒朗は周りの観察を続けていた。

認識への干渉魔術が張られていた以上、恐らく、ここは預言師が己の隠れ家として整えた場所だろう。しかし、何回か出入りをくりかえせばすぐに発見され、捕まえられたはずだ。皮肉にも、何者かに『監禁されること』で、彼は逮捕を免れた。

だが、その代償は大きすぎたようだ。

預言師の右足首を、黒朗は確認する。

「……鎖がつけられてる。しかも、周囲の皮膚には重度の火傷痕が残されてますね。何回か、電圧ぶっ壊されたなにかで、電気を通されてますよ、コレ」

「苦痛と恐怖による脱出の妨害か……単純だが有効な手段よな」

「人間には、特に効果的ですよね」

「短命種は、硬化とか、透明化とかできんしなぁ……で、コクロー、どうする？」

「なにがです？」

「私は死神公女である」

「ですね」

「だから、死は私の領域だ。こ奴の魂を引っ張りだして、話を聞こうと思えばやれる。が、死に方が死に方ゆえな。ちょいと物騒なことになりかねんぞ？」

「……この場の所有者は、恐らく預言師ですからね。多少派手にぶっ壊したところで、問題にはならないと思いますよ」

「はぁ……ならば、やるか……面倒だ」

気だるげに、フリージアは首を左右に傾けた。続けて、大きなため息を吐く。

リンッと、彼女はてのひらの中から銀の鈴を宙に落とした。ソレを変化させて、大鎌をとりだす。凄惨な骸《むくろ》に刃を向けながら、フリージアは嫌そうな声でつぶやいた。

「『過剰な罰を受けながらも、救いようのない罪人』」

それこそが、一番美しくないのだ。火に焼かれ続けるに値する。

そう、彼女はカンテラの内側の青い炎を強めた。

ゆらりと、影が踊った。肉の中から魂が現れる。

大きな姿が、冗談のように宙に伸びあがった。

＊＊＊

『そのいちいいいいいい。まちがえたあああ。ワタシはまちがえたのですなあああ』

骸という器の中から、ピエロの仮装をした男が現れる。その様は、ランプから飛びでてくる魔人を連想させた。空中で錐揉《きりも》み回転をしながら、預言師は自身の頬に指を埋めこむ。己の肉をびよんと引っ張って、彼は歪《いびつ》な笑みを形作った。

　ピエロの化粧をめちゃくちゃにしながら、預言師は語る。

『告げてはいけないものに告げてしまったあああっ。恐ろしい！　あああ、恐ろしい！　まさか、こうなるとは思わなかったあああああ！　なんで、なんで、【アレ】を選んでしまったのであろうか！　一生の不覚にございます！　いや、しかぁし！　まちがったのは己ではなく、伝わってしまったことこそが本当のおおおおおおおお』

「……おまえは、何を言っているんだ？」

「やめよ、コクロー！　話しかけるな！」

　フリージアは忠告を飛ばした。だが、すでに遅い。

　青く滑稽《こっけい》に縁どられた目が、黒朗のことを映した。三十三人を殺した、アメリカのシリアル・キラーを模した男。精神的加虐者。身を屈めると、彼は黒朗の側でにたりと嗤《わら》った。

　続けて、その耳元へと何事かをささやきかける。

　確定している中で、最も聞きたくないであろう未来、を。

「コクロー！」

「あー、はい……ウィッ、そっすね」

実にそっけなく、黒朗はうなずいた。預言師は、頬を張られた子供のような表情を見せる。ソレは精神性がまったく成長しないまま、彼が死んだことの証だった。ブッブッと、預言師は何事かをつぶやきはじめる。もう一度、彼は黒朗に近づこうとした。

そこに、氷のような声が響いた。

「——死者風情が控えよ」

びくりと、道化師は全身を震わせる。愉悦に弾んでいたはずの目は一気に恐怖で濁った。大鎌を手に、フリージアは彼を見つめる。紫の目を不吉に光らせて、彼女はささやいた。

「預言師を名乗る以上は、一定の特質を持つ魔術師ではあったようだがな。死神の前では、単なる塵《ちり》よ。しかも、今、貴様は魂と化している。永遠の囚人とし、私の本来の館にて、意識あるままに薔薇《ばら》の土壌とすることもできるのだ——私の従者には害をなすな。おまえはそこで、正気を失ったままに、ただ叫び続けよ——よいな？」

フラフラと、預言師は怯《おび》えたように離れていく。鋭い眼光を、フリージアは緩やかに解いた。そして、黒朗のことを振り向く。いつもの慌てた調子で、彼女はたずねた。

「で、だ。コクロー。なにやら聞かされてしまったようだが、おまえは大丈夫なのか？」

「普通にもう知ってるやつだったんで、モーマンタイっす」

「たまに謎なんだが、おまえは本当なんなのだ……」

「ただ、アレっすね。俺だったからよかったんですけど……こういうの、聞かされたらほとんどの子は心がブッ壊れると思うんで」

殺されて、正解でしたよ。コイツ。

そう、黒朗は冷たく言いきった。

『アアアアアアア、つまらない、ツマラナイ、おもしろくないいいいいいい、辛いいいいいいい、あああああああ。これも、ワタシがまちがえたからあああああああっ』

その間にも、預言師の魂は変化をはじめていた。

空気を入れられすぎた風船のごとく、彼は身体をボコボコと歪に膨らませていく。そこに音を立てて、遺体と同様の傷が刻まれていった。プシューッと、僅《わず》かな腐臭が漏れる。穴から、ザラザラとなにかが零れ落ちた。

飴玉《あめだま》でも床に落ちるかのように、銀色の【クスリ】がバラ撒《ま》かれる。

実際に、預言師の体内に【クスリ】が入っていたわけではないだろう。恐らく、生前、身を粉にして【クスリ】を作製させられたことに対しての比喩《ひゆ》的光景なのだ。

バラバラと銀のカプセルを落とし続けながら、預言師は身を捩《よじ》って叫んだ。

『元々、ワタシは薬師ではナイのですよ！　ソレなのに、認識に影響する魔力をふくんだ血肉を使って、忘却のための【クスリ】を大量に作れなどとメチャクチャな！　メチャクチャだ！　しかも大勢で飼うなあああ！　ワタシは犬猫ではなあああい！　最後は、殺され、フヒッ！　ソウダ！　ワタシ死んでる！　あの小娘えええエエエエ！』

　預言師の身体は、ますます膨れていく。悲惨な音と共に服が裂けた。皮膚の色も変わりはじめた。彼は大きな、赤い風船のようになっていく。預言師は、ぐるぐると回転しながら、丸い肉塊と化す。もうその声は聞こえない。ただ、濁ったうめきだけが延々と響いた。

『うぐあがあぐうるるるるるるるるる！　ひぃあやさあああああああっ！　縺ゅ≠縺ゅ≠繧?¡繧九≧縺舌：縺ゅ≠縺ゅ≠縺！』

「ここから先は、暴走しながら生者をとりこもうとしはじめるな……終わりとするぞ」

　スッと、フリージアはカンテラを掲げた。そこから、青い蝶《ちょう》が舞いはじめる。

「迷う前に、道を与えよう。その先の闇の深さは知らぬがな」

　音もなく、いくつもの可憐《かれん》な姿が紅い肉の表面に止まった。醜悪な赤を、フワリ、フワリと蝶たちは多い尽くしていく。やがて、預言師は鈍く輝く青色の塊と化した。

　その様は、まるで精緻《せいち》を凝らされた照明のようでもある。

　不思議と、苦悶《くもん》の声も止んだ。

処刑人の静けさをもって、フリージアは大鎌を構える。

「『迷わず、流れず、移ろわず、私を信じ、私に続け。あまねく死者は導かれよ』」

嫌だと怯えるように、肉塊は蠢《うごめ》く。一度だけ、蝶は羽ばたいた。

紅い中に埋もれた目が、涙を流しながら、フリージアを見る。だが、彼女は静かな声を続けた。どこまでも慈愛に満ちた調子で、それでいて遥か高みから、フリージアは告げる。

「『私は死そのものであるがゆえ――惑う魂を終わらせん』」

ヴェールを揺らしながら、彼女は刃を振り下ろす。

青い蝶たちと共に、肉塊は裂けた。血はでない。サラサラと、ソレは青い粉と化していく。端から、残骸《ざんがい》は燃えはじめた。従順に、預言師の魂は炎の一部となる。更にソレはカンテラから繋《つな》がる、異世界の冥府《めいふ》の底へ消えていった。彼の背負った罪、すでに受けた罰が、向かう先ではどのような影響を及ぼすのか。魂の成れの果てとは。

その結果は、死神にすらわからない。

後に残るのは床の亀裂と死体だけだ。

短く、フリージアはうなずいた。真顔のまま、黒朗はつぶやく。

「預言師は異世界の存在でよかったっすね」

「うん？　急にどうした？」

「……現世は宗派とか色々あって、めっちゃ面倒なんで」

「なんで短命種って、この手の儀式を複雑にしがちなのだ？」

「心の整理とかの意味合いもあるんじゃないですかね」

「私には悲しみとやらもよく理解できんからなぁ……度し難いのう……さて」

ポツリとつぶやき、フリージアはカンテラを掲げた。

改めて、彼女は空っぽになった預言師の死体を照らす。そうして、重々しく続けた。

「色々と、わかったことはあったな」

後は、当人にたずねるだけだった。

＊＊＊

「いらっしゃいませー。あら？　お客様、奥の席でお連れ様がお待ちです」

明るく、和やかな気配に包まれた、昼間のファミレスにて。

早速、フリージアは復活したラムステーキと共にドリンクバーを頼んでいた。迷うことなくディスペンサーまで歩いて行き、彼女は空のグラスにメロンソーダを注ぐ。毒々しくも美しく、甘い液体がシュワシュワと音を立てた。ソレを手に、フリージアは席へもどる。

卓上にグラスを置くと、フリージアは静かに前へと押しだした。

「さあ、お飲み」

「既視感のある流れですね」

「ドリンクバーは二人分お願いしたから、今回は問題ないぞ。たまには、アイスティーじゃなくて、メロンソーダはどうだろうか？　メロンソーダはいいと、私は思うのだが。少しだが、気分が明るくなる。特に、君には必要と言えると思うのだがね」

そう、フリージアは微笑みかける。紫色の目は、上品な制服姿の女子へ向けられていた。応えるように、相手はフリージアを見つめる。濃密に視線を絡めて、フリージアは告げた。

「預言師殺しのユウカ君？」

ゆっくりと、ユウカは微笑みを浮かべた。

その蠱惑《こわく》的な表情は、指摘に対して否定をするものではない。白い手で、彼女はメロンソーダのグラスを受けとった。行儀悪く、彼女もブクブクと息を吹きこむ。いくつもの泡が、生まれては弾けた。子供のような気紛れさでソレをやめると、ユウカは首を傾げる。

「どうして、わかったのかしら？」

「いやいや、ご冗談を。死体が見つかったが最後、君には犯行を隠す気なんて端からなかったであろう？　ユウカ君以外の、君のお仲間もだ」

「部屋中から、預言師のものではない、指紋や毛髪や足跡が検出されました。彼を拷問中、誤って己を傷つけたものと見られる血液まで、です。いっそ、潔いですね」

「それはそう。だって……」

「君たち全員が、もうすぐ死ぬから。そうであろう？」

フリージアはささやいた。そこへ、ラムステーキが運ばれてくる。鉄板の上では、値段のわりになかなか見事なサイズの肉塊がジュウジュウと音を立てていた。これで、このファミレスのメニューはコンプリートと言える。加えてドリンクバー仕様ではない、本格的なクリームソーダも置かれた。毒々しい液体をぐるりと掻《か》き混ぜて、フリージアは続ける。

「ついでかつ、重要な情報の追加といこうか……一応の通報前に、汎用魔術でザッと判定をさせてもらったが……あの中に、マオ君の痕跡《こんせき》はふくまれてはいなかった」

――死を告知されたのは、実はユウカ君のほうなのだろう？

淡々と、フリージアは告げる。彼女はサクランボを摘まみあげた。人工着色料の代表選手のような、鮮やかな紅色を舌先で転がす。やがて心臓でも壊すかのように、フリージアはソレを噛《か》み割《わ》った。種は吐きだし、実はパクリと飲みこんで、彼女は続ける。

「こちらのコクローは『人間の死ぬ日付が見える』という異能持ちだ。ゆえに、最初からおかしさは覚えていたのだがな。『あと四日』に該当するのは、聞いたところではユウカ君のほうだった。それなのに、マオ君は自分だと言い張った。これは流石に変であろう？

……しかし、預言師の遺体と叫びから、色々と推測ができた」

「……待って。確かに、彼は死んでいた。私たちが殺したの。それなのに……叫び？　どこで聞いたというの？」

「私は死神公女フリージアゆえなあ……死と生の断崖《だんがい》は、『正しく送られなかった者』についてはあまり意味がないのだ。魂がそこにあるのであれば、声もまたそこにある」

淡々と、フリージアは答える。スッと、ユウカは手を動かした。なにかと思えば、ステーキを指し示す。どうやら、食べてもいいという意味らしい。これ幸いと、フリージアは手を動かした。キコキコと繊維質な肉を切りながら、彼女は語り続ける。

「混沌《こんとん》としてはいたが、奴の叫びの内容は単純化できるものだった。『告げてはいけない相手に告げてしまった』『だが、まちがえたのはそこではなく、伝わってしまったこと』『大勢に飼われ、薬の作製を強要された』『あの小娘に殺された』……つまりは……ええーっと、コクロー、あとは丸っとブン投げで任せた」

「全部わかってるのに、説明途中でキャパオーバーキメるの、毎回やめません？」

呆《あき》れつつも、黒朗は口を開いた。そうして、彼は説明を綴《つづ》っていく。

「では、御話します。訂正があれば教えてください」

それらは、整理すると以下のような内容となった。

預言師は『確定済みの未来の最悪な告知』により、多くの被害者を生みだした。だが、捕縛される寸前に地雷を踏んだ。ある少女の逆鱗《げきりん》に触れたのだった——この際、『伝わってしまったこと』が問題だというからには、預言自体よりも『ナニカ』イレギュラーが生じたのがまずかったのだろう。だが、ここは一時措いておく――ともあれ、少女は己が中心となり、ＳＮＳや学校ごとの繋がりを通して被害者を集った。そう、預言師に死の告知を受けた結果、誰にも言いだせず苦悩していた者たちは水面下にもっとたくさんいたのだ。

死の刻限を突きつけられた自暴自棄の末に、彼らは決意した。

必ず、預言師に人生をめちゃくちゃにされた責任をとらせる。

代表として、ユウカが預言師に対して接触と懐柔を行った。彼の加虐性を上手く利用したうえで、『もっと愉しもう』と屋敷へ案内させた。こうして隠れ家への侵入に成功。後は仲間に位置情報を送信し、預言師を捕らえた。皮肉なことに、隠れ家はそのまま彼の監禁場所とされた。多数の人間による罪の共有と管理により、預言師は近日まで生かされた。

恐らく【クスリ】の生成は、預言師側が匂わせたのだろう。

こういうモノを作れるかもしれない。だから、勘弁してくれと。結果、彼は血肉に宿る魔力を利用してまで、大量に作らされた。だが、【クスリ】の効果は所詮《しょせん》一時的なものだ。

死の告知を完全に忘れられはしない。

だから、誰も、許しなどしなかった。


「問題は、マオさんの言動です。【クスリ】は彼女が所有していました。そのうえ、ユウカさん側が死ぬとはまったく認識をしていなかった……彼女の中では『預言をされたのは自分』だという変換までされていた」

「……伝えたのが、問題だったんだよね。結局、預言師よりも誰よりもまちがえたのは私」

大きく、ユウカはため息を吐いた。くるりと、彼女はメロンソーダを掻き混ぜる。大分炭酸の抜けたソレを、ユウカはひと口飲んだ。そうして、思い出話を語りはじめる。

「私が預言師に遭遇したとき、あの子、家族のことや進路で色々不安定でさ。そこで、一番の友達だった私の死ぬ日付が決まったことで、完全に壊れちゃったんだよね……その日に亡くなるのは自分だって脳内ですり替えちゃって、なにをしても治らなかった」

「それであの言動、ですか」

「これ以上、不安定になるのを防ぐため、預言師に作らせた【クスリ】はあの子にあげた。それで、あんな挑発をはじめるとは思わなかったけど……あの子、預言師は定期的に【クスリ】を送ってくるけれども、まだ自由に逃げていると考えていたみたい。監禁されてるって事実も知らなかったから、あなたたちを焚《た》きつけたら捕まらないかと期待したみたいね……まあ、でも、ちょうどよかったかな。アイツも死体すら見つからないのは流石にね」

「なんで、殺したんです？」

「お兄さんには聞かなくてもわかるでしょ。『私が今日死ぬから』だよ」

さらりと答えて、ユウカはメロンソーダを吸いこんだ。炭酸にも構わず、一気に飲み干して唇を離す。遠くを見つめながら、ユウカは頬杖《ほおづえ》を突いた。フウッと、彼女は息を吐く。

「監禁場所の秩序は私が保ってたし、そのための資金も多くだしてた。うちの親、カードを使われても気づかないし……代わりのリーダーを立てることは無理だった。だから、私が死んだあと、アイツを生かしたまま監禁し続けるのは不可能だったってわけ。それに」

「復讐《ふくしゅう》の完遂、か？」

「そう。わかってるじゃん、死神公女」

「まあのう。いつの時代も、短命種はそこにこだわるものだ。命について、どうやら、私たちとその捉《とら》え方が異なるらしい。おまえたちは、『奪うことにも意味がある』と考える」

いつの間にか、フリージアはラムステーキを食べ終えていた。空の皿に、彼女は音もなくナイフとフォークを並べる。それから、静かに問いかけた。

「マオはどうした？　【クスリ】を作らせた真の目的は、恐らくこの日のためであろう？」

「……そう。本日、マオは異世界絡みのことは全部忘れてる。もちろん、『過去に異世界存在と接触した人間である』私に会っても誰かすらわからない。それで今日一日を終えて、無事に明日《あした》になれば、あの子も本当は自分は死なない立場だって気づくでしょ……それで」

私のことも、いつかは忘れるんだ。


凛《りん》とした声が、不意に濁った。

フリージアも、黒朗もなにも言っていない。それなのに、ユウカはポツリとつぶやいた。

大きく彼女は目も開く。まるで顔を背けていた事実に、突然気づいてしまったかのように。

そうしたら、もう、逃れられなくなったかのごとく。

カタカタと、ユウカは震えだした。喉《のど》の奥底から、彼女は絞りだすように声を落とす。

「……いやだ」

「なにが、だ？」

「そうだ……計画に夢中で、ちゃんとできるかだけに一生懸命になって、気づいてなかった。私、今日死ぬじゃん……死ぬんだよ……もう、マオに会えないってことなんだよ」

「ユウカさん、どうか一度落ち着いて……」

異状を察して、黒朗が声をかける。だが、ユウカは激しく立ち上がった。勢いで、フリージアのクリームソーダが零れる。溶けかけのアイスが、毒々しい甘い液体と共に床に垂れ落ちた。壊れたように、ユウカは首を左右に振る。彼女は店中に響くような声で叫んだ。

「マオに忘れられたまま、死ぬのなんて嫌だ！」

黒朗は悟る。今まで、預言師の殺害に集中していたせいで、ユウカの精神は半ば麻痺《まひ》していたのだ。だが、成し遂げたことによって、やっと正常な働きをとりもどしたのだろう。

そして、恐ろしい事実に気がついてしまったのだ。

このままだと、友人に別れも告げられないことに。

「待ってて……待って、マオ！」

転びそうになりながらも、ユウカは駆けだした。獣のような素早さと無様さで、彼女はファミレスを出て行く。その様子を見て、黒朗は真っ青になった。思わず、彼はつぶやく。

「まずい……この流れだと、多分」

しかし、ユウカは振り向かない。

まっすぐに、彼女は走っていく。

ただ一人の親友のもとへ。

＊＊＊

つまり、場所が悪かったのだ。

ユウカがマオを見つけたのは、繁華街の駅だった。

彼女の腕を摑《つか》んで、ユウカは怒涛《どとう》のごとく訴えた。

マオ、私だよ。私ね、復讐なんて本当はしたくなかったんだよ。死ぬ日が近いんだから地獄に堕ちたくないし、なにもやりたくなんてなかったの。でも、マオが壊れたのが許せなかった。あなたが苦しいのだけが嫌だったんだ！　マオ、大好きだよ。大好きなんだよ。

忘れないで。私が死んでも、どうか忘れないで。

ねえ、マオ、一人で死にたくないよ。

本当は、死にたくなんてないんだよ！

マオは、ユウカが誰かわからなかった。怯《おび》えた彼女は、逃げようとした。だが、ユウカは死にものぐるいでしがみついた。その腕を、マオは恐慌をきたして払い、突き飛ばした。

ユウカは、駅の階段の一番上から落ちた。

悲鳴があがった。雑踏が割れた。強打した後頭部からは血が流れ、首はいっそ美しく折れた。そこにようやく、気品のある存在が到着した。カツリと音を立てて、喪服の公女が間近に立つ。ぴくりと、ユウカは瀕死《ひんし》の身体を揺らした。ごぼごぼと、彼女は喉奥で血泡を立てる。いやだ。こわい。たすけて。しにたくない。ごぼごぼごぼと、ユウカは無様に、切実に訴えた。そのすべてに、フリージアは首を横に振った。ただ、静かに、彼女は言う。

「私にはなにもできぬよ。どのような悲劇があろうと死を覆すなと言われている」

のろってやる。確かに、ユウカは言った。いせかいなんて、のろってやるから。


おまえもじごくへおちろ。

それが最期の反応だった。


フリージアは死を見届けた。

さよならは、言わなかった。

＊＊＊

マオもユウカもいない、ファミレスにて。

これが、本当に最後となる、訪問だった。


実際、足を運んだ意味も目的も特に存在しない。ただ、警察にいくつか証言をした後、腹ごしらえをするにはここが近かっただけだ。フリージアはメロンソーダを掻《か》き混ぜる。ストローの先に、泡がついては消えた。その様を眺めながら、死神公女は疑問を口にする。

「……果たして、預言師の告知がなくとも、この死の運命はあったのか？」

「わかりません。『死』の預言とは、いつでもそうしたジレンマを抱えたものですから」

「……人は愚かだ。人は弱者だ。誰かを当然の憎しみをもって、堂々と殺しながらも、己の死にすら耐えきれない」

「なにかわかりましたか？」

「わからぬ……今回の悲劇は、異世界でもありふれたものに思える。復讐を終えていたとはいえ、私の求める未練のない死からもほど遠い。だが、なんというかなあ」

頭を抱えて、フリージアは悩む。その前に、黒朗は水晶の破片をとりだした。彼は、それをメロンソーダで満たされたグラスと並べる。そして、綺麗《きれい》な輝きたちを前に続けた。

「重さは、見えてきたんじゃないですか？」

「重、さ？」

「殺し、悲しみ、怯えて、呪うほどの、人間にとっての重さが」

死への恐怖はなにかを決意させる。

そして、なにかを残したいと願う。

その結果がどうなるのかは、わからねど。

「重さが感じられるようになったのなら、それはきっと前進ですよ」

「……黒朗の話は難しい」

「いつか、わかってもらえればいいです。それとフリージア様、ひとつ、残念な話が」

「ん？　なんだ？」

「マオさんのほうの死ぬ日付ですがね」

これは告げるべきか否か、流石の黒朗でも迷った。なにせ、あまりに残酷なうえに、悲しすぎる事実だ。本日、マオは【クスリ】を服用し、ユウカのこともすっかり忘れている。

だが、効果が切れれば、彼女が誰かを思いだす。

「ユウカさんの落下死した、翌日に亡くなります」

何故、どうやって。

どうして死ぬのか。

そんなことは、明白だった。

そうか、とだけ、フリージアは短く答えた。

ゆっくりと、彼女はメロンソーダを飲んだ。

それは甘く、中毒性があって、ポップでシュワシュワしていて、泡はすぐに消える。

ファミレスはにぎやかで、

そしてずっと平和だった。

かつて、二人の少女が時間を潰《つぶ》していたころのように。

3

その場では、仮面舞踏会が開催されていた。

貴婦人、猫、鴉《からす》、道化師など。様々な形状と、装飾のほどこされた仮面によって、人々は己の顔を覆い隠している。宝石や貴金属、羽根などに彩られた面々はシャンデリアの光を受けて、怪しくも豪奢《ごうしゃ》に輝いていた。その衣服についても、客人たちは当然のごとく趣向を凝らしている。彼らの選択は複雑で、種類も流行《りゅうこう》した年代も様々だった。

遠くを見れば、コルセットで胴を締めあげ、ペチコートでスカートを膨らませた、古風な女性が闊歩《かっぽ》している。かと思えば、燕尾服《えんびふく》姿の紳士が赤ワインを傾けていた。その隣では、裸体に毛皮のコートだけを羽織った、禿頭《とくとう》の女性がソファーに身を投げている。

ガチョウの羽根の扇子が翻った。その陰で言葉が交わされる。

豪華絢爛《けんらん》にきらびやかでありながらも、どこか退廃と堕落を感じさせる光景だ。

同時に、場末の芝居のように安っぽい。

贋作《がんさく》の絵画じみたわざとらしさもある。

「……なんというか、悪趣味なら悪趣味でもっと突っきって欲しいものといえよう。どこを観察したところで、中途半端極まりない連中ばかりとはな」

パーティー会場前方に設けられた、舞台近くの椅子の上。大きく、フリージアはため息を吐いた。あらゆる華美な装いの人々の中にあっても、彼女の美しさは卓越している。粗雑なイミテーションの中に交ざった、極上の黒い真珠のようだ。仮面をつけることもなく天然の美を晒《さら》しながら、フリージアはつぶやいた。

「……早く帰りたいものよなぁ」

「それは同感ですね」

フリージアの心からの訴えに、黒朗はうなずいた。彼女と並んで、彼は猫脚の椅子に座っている。目の前の豪華絢爛な騒ぎを、彼は死んだ目で眺めていた。

己の膝上《ひざうえ》に乗せた皿を、フリージアはフォークでつつく。

「まあ、食事だけはなかなかに上等だがのう」

「なんだかんだで、フリージア様、さっきから結構食べてますよね？　そのローストビーフ、うまいですか？　いい感じのレア具合に見えますけれども」
「肉なんぞ、大体なんでも美味なものよ」

「ここにきて、バカ舌である可能性が急浮上してきましたね」

語りながら、黒朗は搾りたてのオレンジジュースを飲んだ。

この場所で開かれている集いは見るからになにもかもが怪しい。だが、ドリンクについてはノンアルコールの品も意外と用意されていた。ドラッグの類いも混ぜられてはいない。飲食物の安全性が確保されていることについては、せめてもの幸いと言うことができた。

「特に異世界には、めっちゃまずい肉というのもあるにはある。だが、あれはもう肉であっても肉とは呼べぬし……」

「哲学ですか？」

まむまむと、フリージアは厚切りのローストビーフを口に運ぶ。つけあわせのマッシュポテトも、彼女は綺麗に食べつくした。そうしてのんびりと、舞台上に視線を投げる。

「で……だ。なんで、アキヨシは縛られたうえに、舞台なぞに吊《つ》るされておるのだ？」

「……そういう趣味なんじゃないですかねえ？」

「誘拐されたうえに拘束されたと、何回も言っているだろうがあああああ！」

見事な咆哮《ほうこう》が返った。舞台のバトンから、『異世界侵食対抗自警団』のそこそこ偉い人こと、秋吉は縛られた状態で吊り下《さ》げられている。まるで、太古の生贄《いけにえ》かなにかのようだ。

プラーンと左右に揺れながら、彼は二人へ問いかけた。

「そもそも、だ。おまえたちも、似た感じで連れてこられたんじゃないのか？」

「それはそのとおりであるなぁ」

「牛丼を食べてたら、いきなり囲まれましたね」

「はじめてのツユダクに挑戦したというのに」

「レディースセットに温玉がついてくるのに、更に追加でつけたのはミスでしたね」

「それなぁ」

深々と、フリージアと黒朗はうなずいた。そんな会話をしている場合かと、秋吉は跳ねる。大体は、彼の言うとおりだった。この場へと、二人は無理やり連行されてきている。扱いの差こそあるものの、フリージアと黒朗も意思に反して参加をさせられているのだ。

この、『秘匿異世界愛好会』に。

「なんかのう。ここめっちゃ虚無」

ちなみに、それが死神公女の感想であった。

＊＊＊

どこの世界にも、いつの時代にも、愛好家を名乗る情熱的な輩は存在する。

残念ながら、その中には『こじらせている』人間も一定数は交ざっていた。特に『異世界』などという、多くの情報が秘匿とされている対象には、富裕層のファンが多い。そして暇と退屈をもてあました人々の中には、理解不能な世界へと異様な憧《あこが》れを抱く者もいた。

皆が知らないものには価値がある。

そう、考える人々もいるのだった。

かくして山奥の屋敷にて、この夜会は定期的に開かれているのだという。

その規模は意外にも大きく、以前には転生者や勇者を招いたこともあるとの話だ。

そして、この度の来賓として、フリージアたちは目をつけられたのだった。

『皆様、どうか盛大な拍手を！　この場にお越しいただきました、稀《まれ》なる【歓待特権】持ちの本物の【異世界存在】――死神公女フリージア様にございます』

白一色の仮面をつけた主催者が、高らかに声をあげる。彼によって、フリージアは舞台上に招かれた。割れんばかりの拍手を聞きながらも、彼女はグリルハーブチキンを齧《かじ》り続けている。その揺るぎない様子は、死神公女というよりも最早上品な蛮族に見えた。

料理は置いてきて欲しかったという目をしつつも、白仮面の男は告げる。

『さあ、フリージア様。あなたがたを慕う哀れなる子羊、現世の者たちへひと言をどうぞ』

「チキンは美味いぞ」

『……ありがとうございました。速やかにおもどりください』

「そうする」

『では、美しき異世界の公女様を目で愛でながらも、会を進行させてまいりましょう』

どうやら、精神面への期待は早々に諦《あきら》められたらしい。流れるような速度で、フリージアは席へ帰された。胸を張って、彼女は黒朗へ問いかける。

「私の堂々とした振る舞いはなかなかのものであったであろう？」

「フリージア様も、秋吉の隣に吊られないで済んで、よかったなあと思いました」

ド素直に、黒朗は答える。プンスコと怒りつつも、フリージアはチキンを食べ終えた。

給仕のメイドに骨を渡し、彼女は続けて鯛《たい》のカルパッチョを受けとる。

モサモサコリコリと食べながら、フリージアは首を傾げた。

「で、観賞用に置いておかれるようだが……私たちはいつ解放されるのだ？」

「あっ、コレ。さっきもらいましたが、会の進行表みたいですよ、どうぞ」

「えー、こういう退廃調の集まりで、わざわざそんなものを作っておるのか、気が抜けるわ……どれどれ……開幕の挨拶《あいさつ》……異世界の珍味の試食……異世界に仇《あだ》なす自警団の公開処刑……ワハハ、アキヨシ、殺されるのか、オモシロ！」

「人の不幸を笑うなあ！　人格破綻《はたん》者かっ！」

やはり吊られたまま、秋吉は叫んだ。もっともな訴えである。そう、黒朗はうなずいた。

だが、危険を冒してまで、救出はしないのだった。

その間に、会場内には新たな陶器の皿が配られた。

第一の催しである、『異世界の珍味の試食』とやらがはじめられたらしい。故郷の品はいらぬと、フリージアは断わる。黒朗も遠慮をした。秋吉には、元々食べ物を与えられる温情などない。客人たちのあいだに、生魚のバジルソース和えが行き渡った。

高らかに、白仮面の男は告げる。

『さあ、こちらは異世界の地底湖より釣りあげられし、半竜魚。もちろん、本物でございます。皆様、貴重なる異世界の味を存分にお楽しみあれ！』

プロージット！

何故かドイツ語のかけ声と共に、白ワインが掲げられる。最早、この場がどこにあるのだかわからなくなる光景だ。優雅に、客人たちは薄い切り身を口に運んだ。

そこで、フリージアは「あっ」と声をあげた。

「半竜魚は、茹《ゆ》でて干さねば猛毒だぞ」

結果、めっちゃくちゃに死者がでた。

＊＊＊

「コクロー、これ。貴様の異能でわかっておったであろうが!?」

「なんか、死亡日時がダメな感じにそろってるなあとは思ってましたけどね。まさか、こんな死因だとは流石に予測しませんって……いやー、ほとんど全滅ですね」

そう、黒朗は辺りを見回した。床の上は見事に血塗れだ。

消化中だった食べ物だけでなく、毒によって溶解した内臓までもがぶちまけられている。大量の胃酸が混ざることで、一部は更に悲惨な状態と化していた。延命のしようもない。最早、倒れた者たちの死亡は確定していた。

惨状を見回しながらも、秋吉は声をあげる。

「黒朗、フリージア！　今のうちに俺を降ろせ……いや、違うな。降ろしてください！」

「ちゃんと殊勝なのはえらいぞ。スパッとな」

「褒めるのなら、縄を切らずに降ろせえええええ！」

悲鳴をあげつつ、秋吉は落下した。だが、危ういところで、フリージアに浮遊魔術をかけられる。芋虫のごとき状態ながらも、秋吉は舞台上に着地した。自前のナイフをポケットからずらし、彼は手足を縛める縄を切ろうともがきはじめる。

その様を確認し、フリージアは肩をすくめた。改めて、彼女は会場を見回す。

「……まあなんとも、凄惨《せいさん》な光景よな」

皆が皆、己の内臓の海に溺《おぼ》れている。充分に壮絶な死に様と言えた。

半竜魚の毒は熱に弱い。だが、生の状態ではそれだけ強いのだ。僅《わず》かな量を口に運ぶだけでも、自殺行為といえる。床に散らばった透き通った切り身を、フリージアは見つめた。

疑心をこめた声で、彼女はつぶやく。

「問題は、単に調理を誤ったか……知っていて、わざと出したのか、よな」

「ちなみにフリージア様。生き残っているのは、俺たち以外に四名みたいです」

「ふむ？　どのような連中だ？」


料理長、メイド、白仮面の男、探偵。


「しっかり料理長が生き残っておるではないか！　まちがいなく犯人であろう、こ奴！」

「まあまあまあ」

「それに、探偵ってのはなんだ？」

縄を自力で外し終え、秋吉は疑問を呈した。

見回してみれば、確かに探偵らしき人物がいた。『らしき』と言うか、絵に描いたような『探偵』そのものである。壁際の長椅子の上で、彼は脚を組んでいた。洒落《しゃれ》たモノクルにホームズを彷彿《ほうふつ》とさせる帽子をあわせ、パイプを咥えている。若くはあるが眼光は鋭い。

うあーっと、黒朗は疲れきった声をあげた。

「コスプレの人、多いですね……」

「そこ、俺を見るな。やめろ」

「で、だ。探偵は不気味だし、料理長は犯人かもしれんからな……私は絶対に会いたくなどない。ここは、コソコソッと帰るぞ」

「合点承知です」

ぴしりと、黒朗は敬礼をした。誰にも聞かれてなどいないが、秋吉もうなずく。

こそこそと、三人は死体の間を歩いた。会場を突っきり、両開きの扉へたどり着《つ》く。

金の取っ手を摑むと、フリージアは思いっきり引いた。ガコンッと、虚しい音が鳴る。

だが、それだけだ。微塵《みじん》も、扉は動かない。緩やかに、フリージアは宝石のごとき紫の目を細めた。嫌そうに、彼女は現実を告げる。

「鍵《かぎ》が、かけられておるな」

つまり、監禁されていた。

＊＊＊

「……うーむ。コレって、大鎌でスパッとやってもよいやつかのう？」

「緊急事態下として、破壊行為自体にお咎《とが》めはないものと思いますが……」

「思いますが?」

「中が死体でウジャウジャなのがまずいっすね……現場保存と、犯人の逃走補助になりかねないのを防ぐため、フリージア様の立場からすれば閉じておいたほうが正直無難です」

「ぐぬぬ」

納得できないと、フリージアはうめき声をあげた。お気の毒ですがと、黒朗は首を横に振る。たとえば、この場にいあわせたのがフリージアでなければ話は別だった。己の生命の保護を最優先として、逃げだす選択も当然許されるべき事態と言える。

だが、フリージアはただの異世界存在ではなかった。


死神公女フリージア・トルストイ・ドルシュヴィーアなのだ。


短命種が多数死亡し、混沌《こんとん》状態にある現場を、一部破壊のうえで放置するなど、特権への減点がくだされる可能性があった。その理不尽に対して、フリージアは思わず叫ぶ。

「そもそもだ、コクロー! なーんで、私たちはこんな面倒な事態に陥っているのだー!」

「それは俺にもわかりませんし、俺のせいじゃないですし、俺のことをガックンガックンしながら言うことじゃないですし」

「そうだ！　黒朗夏目！　説明をしないか！」

「秋吉さんまで、さりげなく加わるのやめてもらっていいですか？」

フリージアと秋吉に肩を摑《つか》まれ、黒朗はガックンガックンと前後に揺さぶられた。その勢いたるや、ちょっと人体の損傷が危ぶまれるレベルだ。

首をガックンガックンされるのは、普通に危険である。

そうして黒朗が被害を受け、フリージアと秋吉が大騒ぎしているときだ。

「よし、わかったぞ！」

ランッと目を輝かせて、探偵が立ち上がった。

フリージアウィズ秋吉は、更にガックンガックンの速度をあげていく。

「ほら、コクロー！　あやつ、なんか言いだしとるぞ、おい！　どうするのだー！」

「なんか怖いんだけどよ！　俺はああいうやつ、苦手なんだって！」

「だから、なんで俺に当たるんですか!?」

たまらず、黒朗も声をあげる。最早、首がモゲそうであった。このままでは、被害者が増えるかもしれない。そう、黒朗は思わず遠い目をした。

その間にも、探偵はテキパキと準備を進めていく。

「はい、それでは皆さん、集合してください。謎ともいえない惨劇ですが、一応は解決編とまいりましょう」

白仮面の男に、太り気味の料理長、美しきメイドを呼びだして、彼は大人しく整列させた。なかなかの手腕といえる。更に、探偵はフリージアたちへ呼びかけた。

「そちらの三名も、こちらへどうぞ」

「ほらー、話しかけられてしもうたではないか！」

「ってか、探偵ってなんなんだよ⁉」

「『異世界侵食対抗自警団』のが大分謎じゃないですかね……」

「それはそう」

「んなことはねえよ⁉」

あーだこーだ言いつつも、三名は移動した。正直関わりたくなさすぎる。だが、断った場合に、どんな行動にでられるのかが怖すぎた。無数の死体が倒れる中、生き残った六名はずらりと並んだ。彼らを前に、探偵は高らかに宣言する。

「犯人は、この中にいる！」

「それはそうであろうよ！」

フリージアの叫びもまた、高らかに響いた。

＊＊＊

「それでは、『犯人がいる』と思った理由を説明しますね」

「もう、大体、わかっとる気もするけれどなあ……」

不満げに、フリージアはつぶやいた。その頭の上に、黒朗はぽんぽんと手を置く。一応聞いておきましょうよと、彼はなだめた。二人の前で、探偵は片眼鏡の位置を意味なく直す。そうしてパイプを燻《くゆ》らせると、語りはじめた。

「まず、『料理長』が生き残っていること。ここには真っ先に不自然さを覚えてしまいがちです。しかし、まだ断定材料とするべきではありません。単に、彼は半竜魚に対して無知だったことに加えて希少な食材を口にしないよう、指示されていた可能性もあります」

「意外とマトモだあああああああああっ！」

「フリージア様、シッ」

短く叱って、黒朗は死神公女の口を塞《ふさ》いだ。モガフガホガと騒ぎつつも、彼女は沈黙する。一方で、フリージアの叫びには微塵も反応することなく、探偵はオンステージを続ける。

た。他人の言葉は、耳に入らないタイプなのかもしれない。

よくよく考えてみると、それはそれで怖すぎるのだが。

ともあれ流れるように、探偵は演説を続けた。

「しかし、そう言いきるには疑問も浮かびます。事件現場はこれだけの大会場。しかも立食形式に加えて、個別オーダーが入れば都度応えるシステムだった。料理人もメイドも、複数人が必要でした。現に、死体の中には客人以外に使用人の姿も多く見られます」

「それはそう」

「これだけの人数が死んでいる以上、『希少な食材を口にしないよう、指示をだされていた可能性』は消えますね。むしろ、催しに共に参加するようにとの命令すらくだされていたと考えるべきです。すると、一気に『料理長』の生存はおかしくなります」

「ふむふむ」

「つまり、彼はあえて食べなかったんだ。それは何故か？　調理方法が誤りだと知っていたからでしょう。と、ここからは判断ができます」

「なるなる」

「また、こうなると他の生存者についても気になってくるところです。『白仮面の男性』は会の進行役でした。そのため、摂取のタイミングが遅れ、助かったのも自然に思える。

だが、『メイド』はおかしい。なにせ、他の使用人は全滅しています……魚が嫌いだったから免れた？　ならば、他にももう少し生き残りがでてもおかしくはない。死亡率が高すぎる以上、ひと口は食べるよう、厳命されていたはずだ」

するりと、探偵は手をあげた。鋭い眼光が、更に星のごとく輝く。

パイプを持ったまま、びしりと、彼は美しきメイドを差し示した。

「その中であなたが生き残ったのは、『料理長』とグルだったからなのでは？」

「……ふーむ、その可能性については考えなんだな。うん？　しかし、ちょっと待て。ならば、客人側のおまえはなぜ生き残っておるのだ？」

首を傾げて、フリージアは問いかけた。ここに集った客人たちは、もれなく極度の異世界愛好者だ。だからこそ、好き嫌いなく半竜魚を口にし、例外なく全滅を遂げたはずだった。だが、アルカイックスマイルで、探偵は首を横に振る。

「いやあ……僕は事件の気配を感じて、当て身で客の一人を転がして招待状を奪い、潜入しただけの部外者にすぎませんので……」

「おおいっ！　絵に描いたような犯罪者かつ変質者だぞ、コイツ！」

「まあ、探偵は人格破綻《はたん》者だっていうお約束もありますし……」

「いやあ……流石に依頼もなしに、事件発生前からやらかしてるのは少なくないか？」

そう、秋吉は首をひねった。ですねと、黒朗もうなずく。

たとえば、探偵が罪を犯そうとした事例については、シャーロック・ホームズシリーズの『犯人は二人』が有名だろう。だが、アレも恐喝王ミルヴァートンがいたからこその決断だ。事件が起こりそうなところに、ただ闇雲に突っこむなど完全な愉快犯である。

そもそも『探偵』とはなんだ?

そう、フリージアが両腕を組んだときだ。

パァンッと、実に高らかな銃声が響いた。

＊＊＊

「うん?」

「なんと」

「おいおい」

フリージア、黒朗、秋吉は三様の声をあげる。

その前で、紅色が盛大に散った。後頭部から派手に脳漿《のうしょう》を撒《ま》き散らしつつ探偵は倒れる。額から侵入した弾が、先端を潰《つぶ》されながらも、頭蓋骨《ずがいこつ》を大きく傷つけて抜けた結果だ。

奇妙な笑みを浮かべたまま、探偵は絶命した。

彼の前には、拳銃《けんじゅう》を構えた、メイドが立っている。ふわりと揺れたスカートから、太腿《ふともも》にはめられたホルスターが見えた。まるで、アクション映画のポスターかなにかのような一幕だ。加えて、メイドはキメ顔でささやく。

「……犬も鳴かずば撃たれまい」

「それは本当にそう」

「ご同意をいただけたことに感謝しましょう。ついでにもうひとつ、お聞き願えますか？」

「いや、それは別に聞きたくはない」

「以前から、私、本当に不思議だったのですよ」

フウッと、メイドは細く息を吐いた。艶《つや》やかな黒髪を、彼女はさらりとなびかせる。そのまま踊るように、メイドは銃口を料理長へと向けた。目をまん丸に見開いて、彼は叫ぶ。

「えっ、協力したのに、僕も⁉」

「だって、大量虐殺の現場からひとりだけ速やかに抜けだしたいのならば、全員を殺しておいたほうが早いじゃないですか？」

数度、メイドは引き金を弾いた。反動で、細い腕が跳ねる。

どうやら、先ほどのヘッドショットはビギナーズラックによるものだったらしい。そこまで、彼女は射撃慣れしてはいないようだ。だが、今回は的が大きいことが幸いした。料理長の肥満体に、弾は吸いこまれるように受けとめられる。その一部が、内臓を致命的に破壊したらしい。ひっくり返って、料理長は手足をバタバタさせた。だが、大量の血が広がるに従い、痙攣《けいれん》するばかりとなっていく。その様子は、座礁した鯨を思わせた。

死体を前に妖艶《ようえん》に笑って、メイドは告げる。

「密室殺人とか、連続殺人とか、見立て殺人とか、正直かったるいですわよねぇ」

「うーむ、それはなんと言うか、めちゃくちゃ時と場合によると思うのだが」

メイドは微笑む。フリージアは顎《あご》をさする。

その答えが気に入ったか否かはわからない。

ただ、殺人者は、死神公女へ凶器を突きつけた。

＊＊＊

「それではさようなら。ごめんあそばせ」


確かに、メイドは拳銃を撃った。

正確には引き金を弾いたはずだ。


だが、そのしなやかな指は途中で動かなくなった。まるで、セーフティにでも阻止されているかのようだ。その様を眺めながら、黒朗はふむと考えた。

大体の予想は立てながらも、彼はフリージアへとたずねる。

「アレ、なにか干渉をしてます？」

「引き金を弾く用のスペースに、圧縮空気を挟んだだけよ。この程度の規模の汎用魔術なれば、まばたきひとつで自由自在だ」

「異世界存在の中でも規格外すぎるだろ、おまえはよ……」

呆《あき》れたように、秋吉はつぶやいた。並みの魔術師に可能な技ではなかった。だが、どうやら危機的な状況に置かれているようだと、メイドはあっさりと理解したらしい。恐らく、異世界存在を招き続けている屋敷の使用人として、勘が働くところもあったのだろう。

フリージアに背中を向けて、彼女は逃走する。

「――しかし、まだです！」

クラシカルな衣装を揺らして、メイドは手近な円卓へと駆け寄った。皿に顔を突っこんだまま、手足を弛緩《しかん》させている女性を蹴《け》り倒す。その反動で宙に飛んだナイフを、メイドは握った。それでフリージアに挑むのかと思いきや、彼女は白仮面の男のほうへ向かう。

肉食獣じみた突進を受けて、情けない悲鳴があげられた。

「ひいいいいいいいいいっ！」

「殺せるものから殺します！」

最早、目的がわからないので、完全にイカレているといえよう。主人と従者は死闘を演じはじめた。追いかけ、逃げ、また追いかける様は滑稽《こっけい》劇のようでもある。

それをのんびりと眺めながら、フリージアは疑問を唱えた。

「うーん、アレは助けるべきなのかのう？」

「人命救助は、重ねておくと点数があがりますよ」

「俺を殺そうとした会の主催だぞ。助けてもマイナス一億点だ」

わいのわいのと、三名は騒ぐ。

そこで、白仮面の男は思わぬ行動にでた。会場の壁面には、異世界産らしき品々が多数飾られている。その中でも、男は重戦士の鎧《よろい》の持つ斧《おの》に飛びついたのだ。巨大な刃を、彼は手前に引っ張る。勇敢にもメイドへ対抗する気なのかと思えば、そうではないらしい。ガチャコンッと音が響いた。スイッチを押されたものか、ゆっくりと鎧は真ん中から二つに割れる。中には、暗がりの底へ続く階段が伸びていた。思わず、フリージアはつぶやく。

「まーた、この流れか」

「預言師のところを思いだしますねえ」

ネズミのごとき素早さで、白仮面の男はそこを駆け下りていった。

急旋回して、メイドは獲物の巣穴へと飛びこむように追いかける。

「逃がすか！」

後には、いつもの三人が残された。黒朗、秋吉、フリージアは顔を見あわせる。放っておいてもいい気はするが、どう転んでも面倒な事態だ。半ば投げやりに、黒朗はたずねた。

「どうします、追いかけます？」

「俺はどっちでもいいんだが」

「私は放置されるのは好かぬな」

そんなこんなで、フリージアたちはメイドに続くこととした。

入ってみると、岩の階段はカビ臭い。だが、誰かが頻繁に使用していたものか、ぬめりや危険な汚れの類いはなかった。振り向けば、内側の壁面には鍵つきのレバーがあり、鎧の目の部分には覗《のぞ》き穴が設けられている。パーティーの主催である、白仮面の男用の設備とは考え難かった。恐らく、この地下は別の人間のために造られたものだ。その誰かは鎧の裏側からのみ、きらびやかな会を覗くことを許されていたのだろう。ゾッとしない話だ。

そう考えつつも、最奥へ下りる途中のことだ。黒朗は嫌な音を聞いた。


ドゴォッ、ぐぢゃめぎゃっと、硬くて濡《ぬ》れた音が響く。


「今のはなんだ？」

混乱したように秋吉はつぶやいた。きょときょとと、彼は不安げに左右を見回す。

一方で、フリージアには予測がついているようだ。肩をすくめて、彼女は告げる。

「まあ、死神として、聖戦に立った者としては聞き慣れている。進めばわかるであろうよ」

その先にあったものは、なにかといえば。

白仮面の男と美しきメイド。二人が鉄の棚に押し潰され、絶命した姿だった。

その頭部の一部は、果実のように弾けている。更に奥には、ひとりの青年が倒れていた。こちらの亡骸《なきがら》に関しては死後硬直がはじまっている。まだ若そうな人物だ。だが、顔には分厚い包帯が巻かれている。そのため人相はわからない。代わりのごとく、喉元《のどもと》には笑顔にも似た巨大な傷が刻まれていた。手には大振りのナイフが握られている。自殺に見えた。

彼の側には手紙が置かれている。

「ふむふむ……『ここにたどり着いた、誰かへ』か」

緩やかに、フリージアは歪《ゆが》んだ文字を読みはじめた。

＊＊＊

簡潔にまとめるのならば、その内容自体はありふれていた。

確かに、悲劇ではある。だが、客観性には欠けていた。改善のしようもうかがえたものの、当事者たちだけではどうしようもなく、そのまま突き進んでしまったようだ。

結果として、今の惨劇があった。

数年前、執筆者の顔には異世界関連の変容が生じた。

奇跡的に、侵食は途中で止まったという。だが、結晶化が継続中の者と、進行を停止した者では、得られる補償額が大きく異なった。政府への詐称を続け、家が富を得るためにと執筆者は監禁された。また、当初は弟の治療目的だった調査をきっかけに、当主の兄は異世界へと耽溺《たんでき》してしまったという。以来、サバトじみたパーティーの開催がくりかえされるようになった。それを陰から覗き見《み》ながら、執筆者はすべてが嫌になったのだ。そのため、ギャンブルで困窮していた料理長を買収（中略）盗み聞きしていた、危険思想のメイドを引き入れ（中略）この部屋に逃走してくるであろう、当主用に罠《わな》を張り（省略）

「『私は、サバトの客たちも憎い。だが、巻きこんでしまったことは悪いと思っている。まにあうか否かはわからないが発電機の暴発により、この屋敷は午後三時くらいに吹っ飛んでしまう予定だ。可能であれば、逃げて欲しい』……おい、ちょっと待て……コクロー」

「はいはい」
「今、何時だ」
「十五時です」
「つまり、午後三時であるな」

そうして、ドカーンッと。
盛大に屋敷は吹っ飛んだ。

通称、爆発オチである。

＊＊＊

ちなみに、コレは後から判明した事実だが、屋敷が見事に爆破した背景には、違法輸入された魔石の存在があった。魔石は制御が困難だ。また、それを利用できる発電装置も、異世界産のものしかなく、現世ではメンテナンスが困難であり、安定はまったくしない。
そのため、誰かがなにかせずとも、数年内に吹っ飛んでいた可能性が高かったとのことだ。つまり、意図的に爆発させようと思えば、実に簡単な状態でもあったといえる。それこそ魔石の隣に、火花を発生させられる程度の小規模な起爆装置でも置けば事足りたのだ。

かくして屋敷は吹っ飛んだのであった。

手紙の執筆者の希望どおりといえよう。

だが、巻きこまれたフリージアからすれば、たまったものではない。謝って済むかというやつである。そう、ブチギレながら、フリージアは青き炎の結界を解いた。半球体の盾は、可憐《かれん》な蝶《ちょう》と化して霧散する。舌打ちをして、彼女は嫌そうにささやいた。

「……本当に、心底くだらんことに対して、そこそこ上位な魔術を使わせおって」

「詠唱、よくまにあいましたね。見事に、周り更地ですよ」

「爆弾を落とされても、おまえたちなら生き残れそうだな」

フリージアはキレ、黒朗は拍手をし、秋吉は煙草を吸った。

辺り一帯はというと、爆心地と呼べるような状態と化している。

屋敷は残骸《ざんがい》と変わり果て、死体は焦げるか肉片となり、花も草も残ってはいない。木々は薙《な》ぎ倒《たお》され、地面は深く抉《えぐ》られ、様々なものが焦げていた。近代兵器か、異世界魔術でも使ったかのような惨状を目の当たりにして、フリージアは地団駄を踏む。

「コレ、ぜーったいに、私がでっかくやらかしたのだと疑われるやつであろうがーっ！　魔術をどう使ったのか詰められるやつであるぞ！　冤罪《えんざい》大反対ーっ！」

「まあ、この惨状は人間には本来生みだし難いものなんで、絶対に拘留はされますね……あと、期間も長くなると思うっす。流石にやむをえません」

「今回ばかりは同情しとくな」

秋吉ですら、そう肩をすくめた。ハアッと大きく、フリージアはため息をつく。その小さな頭を、黒朗はポンポンと撫《な》でた。優しく慰めながら、彼はたずねる。

「それで、今回は『死』がいっぱいでしたが、なんかわかりましたか？」

「こんなもんから、なんかわかってたまるかあああああああああああっ！」

心の底から、フリージアは咆哮《ほうこう》した。

バサバサと、遠くの木から鴉《からす》が飛ぶ。

ある日の例外的な、ひと騒動であった。

4

その花は美しく、また、高価だった。

『宿りの花』は日本円にして、最低価格でも一輪二十五万円はする。大振りなものであれば、五十万円台に届くことも多い。特に淡青灰色の個体は人気が高く、需要も大きかった。加えて、全体が神秘的な透明性を帯び、花弁が分厚く弾性を持っていて、造花と見紛うかのような硬質性をともなう逸品については最高品質とされる。すべての条件を満たした花は『咲く美術品』とも称され、途方もない値をつけられるのだ。

まさに、夢の植物といえよう。

だが、ソレの開花する場所は残酷だ。

『宿りの花』は人の身体を苗床とする。

異世界においては、禁製品であると同時に、寄生型のモンスターの一種として登録すらされていた。現世における、その発芽報告件数は十三件。近年においては二件のみ。両者は共に繁殖能力の停止には成功。だが、寄生体の除去自体は叶《かな》わなかった。

「……一人目は一年前に死亡しました。そして、こちらが二人目である、しずくさんです」

「まあ、見るからに、『そうである』とわかるな」

ポツリと、フリージアはつぶやいた。宝石のような紫の目に、彼女は静かに対象を映す。

目の前の寝台の上では、一人の女性が眠っていた。

黒く長い髪と、影を落とすまつ毛は艶やかだ。長期間日光に当たっていないためか、透けるように白い肌も美しい。長期の昏睡《こんすい》状態にあるというのに、彼女に点滴やカテーテルなどは装着されていなかった。代わりのように、その全身は無数の花によって覆われている。ガラス細工のような、最高品質の淡青灰色の『宿りの花』が咲き誇っていた。それらがしずくという女性の身体を侵しつつも、生命維持装置としての役割も果たしているのだ。

美しく寄生されながらも、彼女は生き永らえている。

だが、もうすぐ、目覚めないまま死のうとしていた。

まるで王子の来なかった、眠り姫のごとく。

＊＊＊

この場所は病室ではない。政府の収容施設の一角だ。

フリージアたちが訪れたA棟には、安全性は高いものの、変容が人体に対して致命的なもの、当人は意識を喪失している状態の者たちが保存されている。

そう、言い方は悪いが『保存』だ。

異世界から見ても希少で、付加価値もある変容体を強制的に入院させることには、症例のコレクションとしての意味があった。もちろん、経過観察と検査、解明も目的としている。同時に『変容者の生命維持と快復に努めること』が最重要事項に掲げられてもいた。

そう、ここでは遺体の解剖はともかく、人体実験などは行われていないのだ。連綿と続くホラー映画のお約束と反して、人類はそこまで非道になりきれてはいない。

「まあ……『異能』やら『変容』やらを公表することなく、一時的にすぎないであろう押しこみを図っている時点で、ダメの極みなんですけどねえ」

「それなあ。異世界への反発と大規模な混乱を防ぎたいのだと主張をされてものう……十二年前の『勇者トラック転生事件』により、接続は完了してしまっておるのだ。以降は互いに利点も欠点もでてくるのが当然……異世界側の私が言うのも変な話ではあるがな。時空単位で切り離せない以上は、清濁併せ呑みながら受け入れるしかないと思うのだが」

「そうなんですよね……ところで、フリージア様」

「なんだ、コクロー?」

「結局、最初の転生事件における、トラックの役割ってなんだったんですか?」

「偶然」

「偶然だった……」

「正確には『現世の死者が、超低確率で異世界に弾き飛ばされるほどに双方が近接した状態』だった際、その死因がトラックだっただけよ」

「なるる」

「なるる、言うな。かわいくない」

「なるるる」

「かわいくない」

そう言いながら、フリージアは塩パンを口の中へ押しこんだ。

この施設の一階には、職員用の食堂と売店が設けられている。各種ベーグルにハムやソーセージの石窯フィローネ。マフィンにサラダラップと制覇した結果、原点回帰して、彼女は塩パンとバターロールへもどってきたらしい。塩で引き立つ生地の甘みを、フリージアはもっもっもっと確かめる。そのハムスターじみた様子を眺めながら、黒朗はたずねた。

「フリージア様、この一室は飲食可能でしたっけ？」

「可能だ。『宿りの花』は寄生対象の生命をほぼ完全に維持する。周辺で起きる事象の関与も受けぬため、許可書を持つものであれば風邪でも見舞いは可能だし、飲食も自由だ」

「なるる」

「かわいくない」

「かわいくなくていいので、チョココルネをください」

「かわいくない奴には、渋い餡《あん》バターサンドをやろう」

「意外とかわいいチョイスじゃないですか？」

「それは一理ある」

そう、二人がやりとりをしている時だった。

カードキーによる解錠が発生した。内側へ向けて、扉が開く。

静かに、フリージアは表情を切り替えた。口元のパンくずを拭《ぬぐ》い、彼女は来訪者を睨《にら》む。

洒落《しゃれ》た眼鏡をかけた、痩身《そうしん》の中年男性が現れた。グレーのブレザージャケットに細いズボンをあわせた様は、まるでデートにでも訪れたかのようだ。トドメのごとく、彼は腕に巨大な花束を抱えている。フリージアと黒朗の姿を見て、男性は驚いたらしい。一歩、彼は後ろへ下がった。男性に向けて、フリージアは気さくに片手をあげる。そして、告げた。


「ご機嫌よう、花泥棒」


彼は顔を激しく凍らせた。

その腕から花束が落ちた。

＊＊＊

「あ、あなたがたは？」

「前から、異世界絡みの裏市場にて、最高品質の『宿りの花』の出品が見られてな。誰かがこの施設内から持ちだしているのではないかと、疑われてはいたのだ」

男の問いに、フリージアは答えなかった。あーんと、彼女は新しいバターロールを齧《かじ》る。もぐもぐごくんと、彼女はパンを飲みこんだ。そうして、流れるような調子で語り続ける。

「おまえに疑惑がかかった経緯だが、もうずいぶんと前から怪しまれてはおったのだ……ただ、しずくの家族より『そんなはずがない』との訴えが収まらなくてな……疑いを持たれつつも、今まで放置されてきたとのことだ」

壁際の椅子に座ったまま、フリージアは語る。続けて、彼女はペットボトルのフルーツティーの蓋を開けた。前触れもなく、くぴくぴと飲みはじめる。

目の前の男性を、黒朗は静かに見つめた。

彼の名前はしょうや。

しずくの元婚約者だ。

発芽からの開花、昏睡後も、彼女に長く寄り添い続けてきたという。

だが、『元』なのには理由があった。もう、しずくは目覚めないこと。相手からの熱烈なアプローチがあったこと。しずくの両親からも勧められたこと。

一連の理由により、彼はしずくの双子の妹と結婚したのだ。それでも、今までずっと義父母と妻からの許可を得て、彼はしずくのもとへと通い続けてきた。

それは愛だと、誰もが考えてきた。

そのはずが。

「『宿りの花』は異世界産の寄生型モンスターだ。だが、宿主から切り離された瞬間に、ただの美しい花と化す。おかげで、施設内に複数設けられた、変容部位持ちだし禁止用の検知アラームにもひっかからぬとくる」

そこで一時、フリージアは言葉を切った。慌てたように、しょうやは口を開く。

気の弱そうな顔に冷や汗を滲《にじ》ませながら、彼は必死に訴えた。

「……そう言われましても盗難は無理ですよ。この部屋には監視カメラが設置されていま
す。それに施設訪問時にも退去時にも身体検査があるんですよ……いったいどうやったと」

「なあ、わかっておるのか？　いきなり、元婚約者への疑惑をぶつけられた状況だぞ。まず、己はそんなことをするはずがないとの困惑と動揺を示すべきだったように思うが？」

気紛れな猫のごとく、フリージアは欠伸《あくび》をした。フルーツティーのペットボトルを、彼女は蓋《ふた》を開けっ放しのまま黒朗に託す。問答無用の行動に対して、彼は蓋を固く閉めた。

後ほど、フリージアはプンスコするものと思われる。

だが、待ち受ける流れなど知ることなく、彼女は告げた。

「以前におまえが訪れた際の、監視カメラの記録は確認をしてある」

「それ、は」

「ずいぶんと手慣れたものだったが、犯行の説明は可能よ」

そう語って、フリージアは椅子から飛び降りた。

しょうやへ、彼女は近づいていく。そうして強引に、百合《ゆり》を中心とした立派な花束を奪いとった。そのまま、フリージアは死者の棺桶《かんおけ》にも似た、しずくのベッドへと向かう。

「義父母の許可を得て、おまえは百合をベッドに飾ってきたな？　『宿りの花』にだけ囲まれている状態はあまりにも寂しいからと……だが、こうしてベッドの各所に百合を置く際には、監視カメラに己の背中で死角を生みだすことができる。更に、自然と目当ての『宿りの花』に手を伸ばせるというものだ」

フリージアはしずくのうえに、半ば覆いかぶさるようにした。そうして、身体から生える硬質な花へ触れていく。最高品質を誇る個体は、植物としては異様な弾性を持っていた。

だが、茎についてはそうではない。小さなハサミでも隠し持って動かせば、簡単に切ることが可能だ。そのまま摘むことは、しょうやにもできた。

指摘に対して、彼は息を呑《の》んだ。だが、必死に大声を張りあげる。

「で、ですが、身体検査があります！　持ち出しは不可能だと！」

「いや……おまえは花を配り終えたあと、いつも口元を両手で覆って、激しくむせび泣いていたであろう？」

一気に、しょうやは顔を青褪《あおざ》めさせた。意味なく、彼は眼鏡の位置をカタカタと直す。

その様子からは、あからさまな動揺がうかがい知れた。


つまり、と黒朗は冷たく考える。

恐らく死神公女の推測は正解だ。


「最高級の『宿りの花』はまるで造花のごとき見た目と品質をしている。『型崩れしにくく、水にも強い』……飲みこんで運ぶことが可能なのだよ」

胃に隠すのは、密輪の常套手段《じょうとうしゅだん》だ。がくりと、しょうやは膝《ひざ》を突く。絶望しきった様子で、彼は何度も首を横に振った。無理もない反応だと、黒朗は考える。

『宿りの花』は、裏社会や富裕層のあいだで密かな人気を誇る。

異世界でも禁制品だというのに、偽物もふくめて流通量は維持されてしまっていた。その根絶のためにも、売人にはもれなく重罪が待つ。しかも、政府の管理施設内から持ちだしていたとくれば、ほぼまちがいなく人生を牢獄《ろうごく》の中で終えることとなるだろう。

カタカタと、しょうやは激しく震えた。美しい花弁を撫《な》でて、フリージアはささやく。

「生きるためには代償がいる。文明がある地において、求められるものとは金だ。だが、な。人体より咲く花を売《う》り捌《さば》いてまで得るものとは……血肉となにが違うのだ？」

「わ、私は」

「その醜悪に怯《おび》えぬのは無知ゆえか、傲慢《ごうまん》ゆえか。まあ、どちらでもよいが」

軽く、フリージアは肩をすくめた。罪人のごとく、しょうやは目を閉じる。

精緻《せいち》なヴェールを揺らして、フリージアは退屈そうに続けた。

「私はこの事実を管理者へ密告する気はないしな」

「えっ？」

「『宿りの花』を切ることで、しずくなるこの女性の生命に、危害がおよんでいたというのならば、話は別だ……だが、数輪を切ったところで、影響など皆無よ。それよりも、今の私は他のことが気になってならぬ」

「なっ、なんでしょうか？」

怯えるような、縋《すが》るような声を、しょうやは絞りだした。それに対して、フリージアは目を細める。淡青灰色の美しい花たち――その中に埋まる女性を眺めて――彼女は告げた。

「『宿りの花』を切断することには、リスクをともなう。しかも、寄生主がかつての愛しき相手なればなおさらだ」

低く、厳かに、フリージアは語る。さらりと、彼女は銀髪を首筋から落とした。

顔を斜めに傾けて、フリージアは不思議そうに問いかける。

「おまえは『記憶の幻覚』に何故耐えられた？」

それは『宿りの花』の持っている特性だ。

映像媒体には残らない、一種の夢だった。

＊＊＊

切断されるとき、『宿りの花』は無抵抗ではないのだ。

傷つけてくる相手へと、花は寄生した相手の記憶をもとにした幻影を示す。

それについては、もしかして宿主に意識があるのではないかと錯覚させ、切断者を退かせるための試みらしいとの分析結果がくだされていた。無機物のレンズに、その光景は映らない。だが、しょうやの肉眼には見えていたはずなのだ。


『宿りの花』の発する、残酷な幻影。

かつて動いていたしずくの記憶が。


「……『宿りの花』は切断された段階で、ただの植物となる。だが、展開された幻影の魔力残滓《ざんし》は場に残る……今も『ある』な。ふむ……どういうものだったかを再現してみるか」

リンッと、フリージアは糸で結わえた銀の鈴を落とした。ソレは上品なカンテラへと変わる。ガラスの向こう側で、青の炎は生物的に蠢《うごめ》いた。その中から、無数の蝶《ちょう》が飛び立つ。

美しい羽が、しずくと花たちを埋めるように舞い降りた。白い肌に、蝶たちの止まる様は、まるで死肉に群がるかのようでもある。綺麗《きれい》ではあるが、どこか醜悪さを伴う光景だ。

瞬間、しょうやは悲鳴にも似た懇願の声をあげた。

「ソレは、やめ――――っ！」

『私ね、しょうちゃんが大好きだよ』


明るい声が響いた。ベッドの上には、発芽前のしずくが座っている。

現在の彼女は、常に目を閉じていた。だが、かつてのしずくはよく笑う女性だったらしい。大きな目をくりくりと動かしながら、彼女はアハハと声をあげた。

『だからね、心配しないでね。お医者様がおっしゃるには、芽がでないケースもちゃんとあったみたいだから。きっと、愛の力で治しちゃうんだから……あーっ、笑わなーい。本気なんだからね。見てるといいよ』

一つ目の、幻影が消える。まるで繊細な刺繡《ししゅう》が解けるかのように、それは無数の光の糸となって宙を舞った。くるくると踊りながら、色の乱舞は溶けていく。

続いて、ベッドの端に、座っている姿が映しだされた。

足をパタパタさせながら、しずくは悲しそうに微笑む。

『うん……でちゃった、ね。面目ないです。へへ』

その頰にはつるりとした白い新芽が覗《のぞ》いている。

やわらかな肉から異常な部位が生えているのは痛々しいことだ。まるで残酷な他者によって、内側から指を突きだされているかのようにも見えた。悲しそうに、しずくは言った。

『……そう、生えちゃったんだ、芽。だから、ね。しょうちゃん、もう、来ないでもいいよ。生えたら、終わりだって聞いたから。うん。お金もいっぱいもらえるけど、お父さんとお母さんの老後資金以外に、しょうちゃんにもあげる、ね……遠慮しないで！　これはささやかなね、私の嫌がらせですからね』

そう、しずくは形のいい胸を張った。腰に両手を当てる姿はあくまでも明るい。

だが、不意に、彼女は声を翳《かげ》らせた。泣きだしそうな調子で、しずくは告げる。

『うん、嫌がらせ、なんだ。そうすれば、しょうちゃんのところにもでっかい数字が記録として残るでしょ？　それを見るたび、私のことを思いだせばいい。ああ、こんな女がいたんだなあって、思いだしちゃえばいい』

ボソリと、しずくは低くつぶやいた。その響きは今までとは異なり、澱《よど》んでいる。それに対して、黒朗は思った。ふざけているようでいて、彼女の言葉は確かに重い呪いを孕《はら》んでいる。だが、首を横に振って、しずくは表情を切り替えた。明るく、彼女は続ける。

『なーんて、嘘、うそ！　嘘だから。死なないとはいえ、ずっと寝てるだけの人の側にいたって意味なんてないしね！　しょうちゃんは私のこと、忘れていいんだよ。それにね、知ってた？「宿りの花」って、眠っているあいだはいい夢を見られるらしいよ！』

明るく笑って、しずくは続ける。

それこそ、極大な呪いの言葉を。

『私は、ずっとしょうちゃんの夢を見るね！』

ザアッと、雨のようにその姿は崩れた。すべての色彩は滲《にじ》み、ボヤけて、ぐちゃぐちゃになり、ドロドロに混ざってわからなくなる。その混沌《こんとん》の間から、枕が飛んできた。

子供のように泣きながら、しずくは叫ぶ。

『帰れ！　帰れよ！　なに来てんだよ！　なんで来てんだよ！　いい加減にしろよ、来んなって言ったじゃん！　次来たら殺すぞ！　道連れだからな、わかってんのかよ！』

傷ついた獣のように、しずくは叫んだ。その髪には、すでにいくつかの蕾《つぼみ》ができている。

黒髪の間に輝く淡青灰色は、飾りのように美しい。

一方で、彼女の目の中には本物の敵意と殺意が滲んでいた。このままでは、実際に目の前の相手を傷つけかねない。だが、臆《おく》することなく、しょうやはなにかを答えたらしい。

ぴたり、と、しずくは動きを止めた。ぼろぼろと涙を零しながら、彼女は叫ぶ。

『どうしてそんなこと言うの⁉　どうして殺されてもいいなんて言うの⁉　バカじゃない！　いいわけないじゃん！　むしろ殺してよ！　しょうちゃんが、私を殺してよ！　私が花じゃなくて、ちゃんと私なうちに！　私は！』

訴えは消える。意味をなさなくなる。ただ、泣いて泣いて、しずくは叫んだ。

残される者には理不尽とすらいえる感情を、彼女は心臓の奥から吐きだした。

『大好きだよ、しょうちゃんが大好きだよ、大好きなんだよ！　だいすきなわたしのままでしにたいんだよおおおおおおおおおっ！』

そこで幻覚は弾けた。

無数の蝶が飛び立つ。

まばゆい青色の乱舞の底には、今のしずくの姿があった。最高級の花の苗床として、彼女は静かに眠り続けている。もう、笑いも、泣きも、叫びもしない。そのはずが、室内には押し殺したような泣き声が響いていた。ポツリと、フリージアはつぶやく。

「なんぞ……そこな短命種よ」

口元を両手できつく覆って、しょうやは泣いていた。

目を見開き、低く唸《うな》りながら、涙を零し続けている。

「涙は、本物であったのか」

優しく、フリージアはささやいた。

無意味な音を、しょうやは叫んだ。

＊＊＊

「私は『死』の観察に来た。その動機など、他の説明については省略するぞ。だが、今回に限っては別の理由もあってだな……」

一般流通品のバッグの中から、フリージアはクリアファイルをとりだした。薄くて便利な百均の品である。中には【歓待特権】を利用して、この施設へ訪問連絡をした後に渡された紙が入っていた。小さな便箋《びんせん》だ。以前に謎な爆発事件に巻きこまれたせいで、すでに季節は移り変わっている。手紙にも冬らしく、雪の結晶の模様が添えられていた。

そして、中央には歪《ゆが》んだ文字が書かれている。

『わたしをころすのはしょうちゃんだよ』

「これを発見したのはおまえよな？　しずくのベッドの上、花の間に隠すようにして置かれていたと、聞かされたというか、施設の職員から無理やり相談を受けさせられたが？」

「ええ、そうです……私の前に訪れたしずくの家族は、ベッドにはなにもなかったと言っていました。ですが、私が来た時にはこれが置いてあって……施設の職員の方になにか知らないかとたずねたら、重要参考品にと持って行かれてしまいましたが」

「書いた人間に心当たりは？」

「ありません。ただ……」

「ただ？」

両腕を組んで、フリージアはたずねる。

しょうやは視線をさまよわせた。しばらく、彼は沈黙する。やがて、しょうやは眠るしずくへと縋《すが》るような目を向けた。それから、彼は震えるひと言を吐きだした。

「……しずくの字に、似ているように思いました」


今や、しずくは『宿りの花』の苗床だ。眠り姫は動かない。

それなのに、かつての叫びに似た手紙だけは残されていた。

＊＊＊

花を盗んでいた理由に関しては、しょうやは頑なに口を割らなかった。

家庭環境や勤め先についてたずねてみたところで、困窮している様子はない。ならば浮気《うわき》か、酒か、はたまたギャンブルかと疑ってみても、そういうわけではなさそうだ。だが、『元恋人の在りし日の幻を見たかった』などの甘ったるい理由とも異なるらしい。それならば花を飲みこみはしないし、売人と頻繁に連絡をとりあいもしないだろう。

純粋な疑問と共に、フリージアはたずねた。

「なぜ、花を盗んで売ったのだ？」

「それだけは、絶対に言えません」

そう、しょうやは何度もくりかえした。

だが、最後には意味深な言葉を告げた。

「そのうちに、明らかにはなりますから……」

フリージアは眉《まゆ》をひそめる。だが、黒朗にもわかった。この人間は、問い詰めたところで意味がない。牢《ろう》にぶちこむと告げたところで、返事は変わらないだろう。

それに、しずくのものらしき手紙のこともある。未だに、謎は深かった。

そのすべてが、死神公女フリージアにとってはどうでもいいことでもある。

なにせ、彼女は人の『死』の観察に訪れているのだ。数々の疑問が晴れずとも、目標を果たすことだけならばできるだろう。同時に、簡単には放りだせないことが問題だった。

フリージアは未練なく、その者がすべてを果たした後に、待つものこそが見たいのだ。

現状は、理想の形からはほど遠い。

「……うーむ、実に面倒くさいな。果たして、どうするべきか」

「まあ、一個、一個、明らかになるまで付き合っていくしかないでしょう」

「その結果が、果たしてどうなるのかも謎なのがなぁ」

「あっ……それでしたら」

恐る恐るといった様子で、しょうやは片手を挙げる。

更に、彼はいきなりとんでもないことを言いだした。

「よかったら、私の家に来ませんか？」

ちょっとよくわからない提案だった。

＊＊＊

「盗人についていくのもどうかとは思うのだが」

「まあ、理性のみでだした結論が、正解とも限りませんから」

なんだかんだで、フリージアたちは同行を決めた。無意味な誘いではないだろうと、推測はできたためだ。しょうやと共に施設を後にすると、二人は併設の駐車場へと向かった。

「こちらです。どうぞ」

ファミリー向けの一般的な国産ワゴン車に乗り、彼の家へ急ぐ。

重く、空は灰色に濁っていた。塗り固められたかのようにじっとりした雲は、そろそろ雪を吐きだしそうだ。左側の後部座席へ、黒朗は視線を投げた。使いこまれたチャイルドシートの上には、コットン製の兎のぬいぐるみが転がっている。

視線に気がついたものか、しょうやは運転席で口を開いた。

「……昨年、二人目が産まれまして」

悲鳴のようなしずくの声を、黒朗は思いだした。その記憶を前にして、しょうやはうめくように泣いていた。同時に、彼には今の幸福がある。二つは両立が可能なのだろう。

かくも、人間とは複雑だ。

窓の外を眺めながら、フリージアはたずねた。

「子供は、かわいいか？」

「ええ、とても」

「愛しているか？」

「心から」

「よきことよ。短命種はなるべく絆《きずな》を紡いだほうがよい。なにせ、おまえたちは個が弱い。なれば、血の繋《つな》がりで補強をすることは大切だからな」

「……私どもは……いえ、きっと、私以外もふくめて、人間というものは、そこまで複雑には考えておりませんよ。ただ、家族を増やしたいから増える。それだけです」

「死神には家族はおらぬ。生殖では、私たちは増えぬからな。よくわからぬ概念だ」

「……いつか、似た感情を、慈しみを、誰かに覚えることができるといいですね」

花泥棒でありながら、しょうやは穏やかに語った。フリージアは応えない。短命種の侮蔑と怒ることはなく、かと言って胸を打たれた様子もなかった。滑らかな運転は続けられる。高速道路を抜けて運河沿いを通り、かなりの時間をかけて、彼は帰宅した。

「お待たせしました。着きましたよ」

「運転、お疲れ様です」

「ほお、かなり狭いが、いい家ではないか」

「長命種規準は正してくださいよ。普通に広いですからね、こちら」

閑静な高級住宅地の一角に、しょうやの家はあった。敷地は広く、なにより立地がいい。住人の質が統一されていることから、治安の保証がされているようにも見えた。家屋自体の佇まいからも、買い手の要望が存分に反映されていることがわかる。勾配《こうばい》天井を採用した、立体的なデザインの外観が特徴的な、上品な造りだ。しずくから得られた補償金で建てたものだろう。隣接するガレージに、しょうやは車を停めた。運転席から降りると、彼は執事のごとく扉を開く。しょうやは、フリージアたちの案内に立った。

「どうぞ、こちらへ」

表に回り、扉から中へ入った瞬間だ。

驚愕《きょうがく》に、黒朗は思わず言葉を失った。

「おかえりなさい、しょう君」

彼の前には、しずくと瓜二《うりふた》つな女性が立っていた。

事前に、双子の妹を妻にしたとは聞かされていた。それでも、かなりの衝撃を受ける光景だ。大きな瞳《ひとみ》の目立つ、黒髪の女性は、潰えてしまった可能性の具現化のようだった。

しずくが眠りに堕ちなければ、こんな姿をしていたのだろう。

「……えっと、お友達？」

「ああ、ただいま、あまね。急に、悪いね。来客だ」

そう、しょうやは告げた。あまねというのが、しずくの双子の妹の名前らしい。片付いていないのにと膨れながらも、彼女はフリージアたちを招き入れてくれた。恐らく、明らかな『異世界存在』の客人を見て、なにかがあったものと察したのだろう。

「散らかっていて、申し訳ないですが」

「お構いなく」

「くるしゅうない」

通されたリビングは二つに仕切られていた。食卓と席は整えられている。だが、もう片方には生活の色が濃く覗《のぞ》いていた。ベビーパーティションが設けられた向こうには、玩具《がんぐ》や絵本が転がっている。幼稚園用と思われるバッグも落ちていた。だが、子供の姿はない。香り高い紅茶と個包装のマドレーヌをだされながら、黒朗は問いかけた。

「お子さんは……」

「二人とも、今日はずっと祖父母の家に遊びに出かけています。お客様が来るといつも大騒ぎですから、ちょうどよかった」

そう、あまねは微笑む。だが、彼女の目の奥には戸惑いが張りついてもいた。無理もない。なにせ、黒朗たちにすら、何故招かれたのかはわからないのだ。

一方で、しょうやは実にマイペースだった。あまねの頬にキスをして、彼は『済ませてくる』とささやく。そのまま、リビングを後にしてしまった。

置き去りにされて、フリージアは首を傾げた。

「前触れもなく、突然他者を招いておいて、奴はどこへ行ったのだ？」

「すみません……施設から帰ったあとは、シャワーを浴びてもらう約束なんです。『宿りの花』の匂いは薄いですが……姉のことを思うと、どうしても気は滅入るので」

「……なるほど？」

「ひどい女だと、お思いですよね？　施設関連の方なのなら、ご存じでしょう？　姉の婚約者にアピールして、結婚して……あの人は眠り続けたままなのに家庭を作って」

「人間には人間の考えと幸福があろう。短命種の選択に、長命の者はいちいち口を挟まぬよ。私たちとおまえたちでは、真に重んずるべき道徳も、倫理の種類も異なる……まあ、度がすぎた悪であるのならば、話は別であるが」

「……ありがとう、ございます」

「礼にもおよばぬ」

コクコクと、フリージアは紅茶を飲んだ。続けて、マドレーヌを二口でいく。あまねは、追加で小粒のカヌレをだしてくれた。十数秒迷ったあと、彼女は口を開いた。

「よろしければ、そう言ってくださる、あなたに聞きたいことがあるんです」

「なんだろうか？」

「夫は、まだ姉のほうを愛していると思いますか？」

サラリとしているようで、重い激情の滲《にじ》む言葉だった。もしも、そうであるのならば許さないと大きな瞳が告げている。その中には、長年思い詰めた者の歪《いびつ》な感情が滲んでいた。

フリージアは口を閉ざした。紅茶で、黒朗は唇を湿らせる。

更に、あまねは非道ともいえる問いを続けた。

「あんな状態でも、姉は生きていると思いますか？」

違うと答えて欲しいと、如実に考えている表情で。

＊＊＊

「生きている」

迷いなく、フリージアは告げた。大きく、あまねは目を見開く。ギリリッと、彼女は歯を嚙《か》みしめた。だが、恐れることもなく、フリージアは先を続ける。

「言っておくが、私は異世界存在であり、死神公女だ。しずくは、私の扱える死の領域にはいない。ならば、生者だ。それがすべてよ」

死神の判断は覆らない。場の空気は不穏に凍りつきかけた。完全にそうなる前に、黒朗はフリージアの手提げバッグを開いた。話題を強制的に切り替えるためにも、中からファイルにしまわれた紙をとりだす。

　わたしをころすのはしょうちゃんだよ。

「旦那《だんな》さんから聞いているとは思いますが……しずくさんは生きてはいても、このメモを残すことができる状態にあるとは考えられません。なにか、心当たりはありませんか？」

「……これについて、しょう君はどんな反応をしていました？」

「特に劇的なことはなにもなかった。ただ、不思議には思っていたようだがのう」

「そっか……よかったです」

ふわりと、あまねはやわらかく微笑んだ。黒朗からの問いの答えにはなっていない。ふむと、黒朗は考えこんだ。ひどく嬉《うれ》しそうなあまねへ向けて、フリージアは珍しく告げる。

「それに、奴は子供を愛していると語っておった。あの言葉に嘘はない。ひいては、家族全体を大切にするタイプにも見える……そう焦ることも、不安がることもないと思うが」

「ありがとうございます……本当に、お優しいんですね」

「そうでもないが。ただ、な、ひとつだけ耳に入れておきたい。おまえの姉の『宿りの花』の盗人に関して、疑念があがっていたと思う。アレはしょうやだ。それに関して……」

「ああ、別にいいんです。しょう君がなんでお金を欲しいのかはわからないけれども……ただ売っていただけで、家族が大切なら、それは姉への愛情の証にはならないと思うから」


だから、いいんです。


涼やかなまでに、あまねはそう断言してみせた。安らかな瞳に対して、黒朗は戦慄《せんりつ》さえ覚える。なるほどとフリージアは目を細めた。よくわかったと、彼女は無音で口を動かす。

そこで、しょうやが部屋に入ってきた。グレーのルームウェアを、彼は緩く着こなしている。だが、何故か髪は濡《ぬ》れたままだ。申し訳なさそうに、しょうやはあまねへ告げた。

「すまない、あまね。シャワーヘッドを上に向けたまま落としてしまって、天井から引き戸までびちゃびちゃに……」

「えっ、ちょっ、ヤダ。もー、しょう君ったら！　すみません。失礼しますね」

フリージアたちに頭を下げて、あまねは駆けていく。

空いた席に、しょうやは無言で座った。じろりと彼を見つめて、フリージアはたずねる。

「人払いか？」

「お願いがあります」

低い声を、しょうやは急に押しだした。フリージアと黒朗は顔を見あわせる。だが、どうぞと手でうながした。微かに礼をして、しょうやは続ける。

「もう一度だけでいいんだ。私は『宿りの花』を盗みたい」

見逃してください。そうすればわかることがあるのです。

あまりにも重く切実な声だった。

謎なほどに悲痛な訴えでもある。

黒朗は返事をしなかった。付き人の立場で決められるような内容ではない。

フリージアはカヌレを手にした。カリリと硬い表面を齧《かじ》って、彼女はたずねる。

「そうすれば、おまえの気持ちは晴れるのか？　満たされるものがあるとでも？」

「はい……どうか、力を貸してください。これさえ果たせれば、私は充分なんだ」

「おまえたちの種族にとっては、乱暴なことを聞くぞ。たとえば、それを成しさえすれば、最早死を迎えても構わぬというほどに、おまえは断言ができるとでもいうのか?」

「ええ、構いません」

「なるほどな……なかなか気になるではないか」


よかろう、共犯となってやる。


にやりと笑って、堂々と、死神公女は宣言した。

かくして、ふたたび施設に行くことが決まった。

＊＊＊

出発前に、黒朗たちはご馳走《ちそう》になった。あまねの料理の腕はなかなかのものだ。

その証拠に、遠慮をすることもなく、フリージアはよく食べた。

「おかわり」

「フリージア様、わんこそばじゃないんですよ！」

「ワンコソバとはなんだ？　犬の亜種か？」

「えっ、教えてませんでしたっけ？」

「ぜんぜん」

フルフルと首を横に振り、フリージアはサワークリームが添えられたポトフを掬《すく》った。おかわりのたびにスープまで綺麗《きれい》に飲み干す様子を見て、あまねは嬉しそうだった。

子供たちは夜の七時には帰ってくる予定だという。

その前にと、しょうやはあまねに告げた。

「お客人を送ってくる」

「気をつけてね」

彼女に見送られて、黒朗たちは家を出た。薄く雪の降りはじめている夜を、三人は進む。

混雑も特になく、道中は実に滑らかに進んだ。フリージアも黒朗も、ただ無言を貫いた。

問題は、施設に入るときだった。

『宿りの花』の寄生体に対して、日に二回以上の訪問は前例がない。そう、警戒をされたのだ。警備員に止められたため、所長に通話を頼んだ。だが、しょうやが話しても埒《らち》が明かず、フリージアが代わった。彼女と所長のああだこうだの交渉の末、内容は混迷化した。だが、最終的に、カンテラの分析を一日許すことで電撃的に許可が下りた。

政府傘下の施設だというのに、いい加減なものである。もっとも、相当な変わり者が所長でもなければ、異世界による変質の数々を受け止めきれないのも事実だ。

だが、そこで、時間を食ったのがいけなかった。

しょうやの車が駐車スペースに滑りこんだ時だ。

近くで壮絶なブレーキ音と、怒鳴り声が聞こえた。続けて、警備員の制止も聞かずに、一人の女性が走ってきた。少し離れた位置で、彼女は無理やりタクシーを降りたらしい。鬼気迫る勢いで、あまねはしょうやへ近づいた。叫ぶように、彼女は言葉を並べる。

「嘘つき、嘘つき、嘘つき！　お客様を送るって言ったのに！」

「落ち着いてくれ、あまね」

しょうやは、妻をなだめようとする。そこに、警備員が近づいてきた。いったい何事か、彼女は誰なのかを、彼は問う。胸を張って、しょうやはためらいもなく嘘を並べた。

「……ああ、すみません、彼女は私の妻です。遅れましたが、元から同行の予定で、はい。先ほど、所長には話をしてあります。そうですよね？」

「そのとおりであるぞ」

「流れるように答えやがりますね」

確認をとられては危うい線だった。だが、直通電話後なのが功を奏した。

そのまま、四人は訪問を許されることとなった。あまねの肩を抱いて、しょうやは『宿りの花』の部屋へと進んでいく。だが、身体検査を受ける間も、あまねはくりかえした。

「行かないで……行っちゃやだ」

「あまねさん、急にどうしたんですか？」

彼女の落ち着きのなさは、どこか異常だ。不思議に思って、黒朗はたずねる。

それに対して、あまねは大きな目に涙を湛《たた》えた。何かに怯えながら、彼女は答える。

「嫌な予感がして調べたの。施設職員の人から、身内向けに渡された資料に載ってた。『宿りの花』は手折ると記憶の幻覚を見せるんだって。だからもしかしてって、ここに来たら、本当にしょう君が嘘を吐いてまで訪れてて……これから幻覚を見るんでしょう？」

「確かに、そうですが……」

「今まで何回も見てきてるんでしょう？　それなら、もしかしたら、そろそろ……」

カタカタと、あまねは震えだす。彼女はなにを恐れているのか、黒朗にはわからなかった。フリージアは静かな目をしている。頭を抱えて、あまねは子供のように座りこんだ。

誰かから声をかけられる前に、しょうやは屈む。妻の頭に優しく手を置いて、彼は続けた。
「大丈夫。『なにを目にしても』私の家族への想いも、考えも変わらないから」
「……しょう君」
「だから、君も一緒に見よう」

もうすぐ、答えがわかるはずだから。

しょうやが、なにを言っているのか。
それは、黒朗にはまるでわからない。

ただただ、もしかして。

凄《すご》く、おぞましいことではないのかと思えた。

＊＊＊

恐らく、これが昏睡《こんすい》前の最後の記憶だ。

淡青灰色の、美しい蕾《つぼみ》はほころびかけている。

しずくは、今にも開花を迎えようとしていた。

『……しょうちゃん……しょうちゃんに、れんらくして』

目の前の相手に向けて、彼女は弱々しく頼む。だが、誰かは答えなかったようだ。額を押さえて、しずくはしばらく朦朧《もうろう》とする。しかし、不思議そうに相手へとたずねた。

『どうして……呼んでくれないの？　ねえ、しょうちゃんと話がしたい。最後に、謝りたいの。ごめんねって言わなくちゃ……ねっ……えっ……なんで、どうして⁉』

黒く大きな目の中に、悲しみと恐怖がよぎった。じりじりと後ろに下がったあと、しずくは駆けだそうとする。だが、足をもつれさせるようにして、その場にうずくまってしまった。眠そうに、彼女は目をまたたかせる。首を横に振って、しずくは必死に訴えた。

『なんで……まだ時間はある、はず……さっきのお茶？　わたしに、なにを、飲ませたの？　やだやだ……ねむりたく、ない……しょうちゃんにあいたい……やだあああああ』

言葉とは真逆に、しずくはその場に倒れこむ。宝石のような涙が、いくつもいくつも滑り落ちた。誰かは、彼女のことを覗《のぞ》きこんでいるようだ。そうして、きっと笑っていた。

これ以上ない絶望に塗れた顔で、しずくはつぶやく。

『こんな、さよならはいやだよ』

そうして、しずくは、

その答えを、告げた。

『……どうして、あまねちゃん』

＊＊＊

「ごめんなさいごめんなさいごめんなさいごめんなさいごめんなさいごめんなさいごめんなさいごめんなさいごめんなさいごめんなさいごめんなさいごめんなさいごめんなさいごめんなさいごめんなさい、どうか許してください」

幻の消えたあと、何度も何度もあまねは口にした。泣きながら、壊れた機械のごとく、彼女はくりかえす。だが、『なにに対して』謝っているのだろうと、黒朗は呆然《ぼうぜん》と思った。

あまねが謝罪したところで、現実は変わりなどしない。

過去も覆せなかった。
しずくは目覚めない。

もう、恋人たちは話せなかった。

謝り続ける妻を前に、しょうやは暗い目を伏せた。拳《こぶし》を握りしめて、彼はつぶやく。

「……たとえるなら、喉《のど》に小骨が刺さったような違和感でした。最後に、しずくは私に会いたくないと、ひとりで眠ったと聞いて……ずっと、おかしいとは思っていたんです」

「怖かったのおおお！　姉さんが、眠り続けるあの人が、しょう君の中で永遠になってしまうのが嫌だったのおおお！　ごめんなさい、ごめんなさい」

「……あの手紙も、おまえよな」

泣き続ける背中へと、フリージアは声をかけた。

ビクッと、あまねは肩を跳ねさせる。子供のように素直な反応だ。それは如実に答えを示してもいた。クリアファイルをとりだして、フリージアは告げる。

「先に見た親族は、なにもなかったと証言したという。だが、それこそ嘘で、親族自身……つまり、双子の妹であるおまえが書いて隠したと考えたほうが無理がない。字を似せるには、参考になる品も実家に多くあったであろうしな」

「……なんで、あんなものを書いたんですか？」

不思議に思って、黒朗はたずねる。観念したように、あまねは手足をだらりと弛緩《しかん》させた。魂が抜けたかのような口調で、彼女は答える。

「『宿りの花』は完璧《かんぺき》な生命維持装置……でも『宿りの花』自体には寿命がある。そろそろ枯れる危険性があるのはわかってた。その前にしょう君が姉さんの望みを叶《かな》えようとしないか不安だったの。あの手紙を見てしょう君が姉さんを殺してあげようとするなら……」

その前に、私が姉さんを殺すつもりだった。

ゾッとするほど、本気の殺意に塗れた言葉が響いた。ああと、黒朗は嘆く。フリージアはこの答えを予測しながら、あまねと会話をしていたのだろう。

この女性は『壊れてはいない』。

だからこそ悲劇であり、恐ろしくもあった。

どこまでも正気のまま、あまねはすべての選択をしている。長命種の立場から見ても、それは赦されざる悪徳だ。冬の夜の冷たさを目に宿しながら、フリージアはささやいた。

「罪なき死者には安息が許されるべきだ。しずくは、まだ死んではおらぬがな。死の兄弟である眠りへと堕ちた段階で、二度と目覚める日はこないと定められていた。その時を奪ったのであれば、それは明確な罪であるが……償いようがないことをどうするつもりだ？」

全員の鋭い視線を受けて、彼女は開き直ったように笑った。乾いた声が、空巾に響く。

とろりと蕩《とろ》けた目をして、あまねはどこか馬鹿にするような口調で訴えた。

「本当に、どうしようねえ？　で、しょう君はどうするの？　私を捨てるの？　結婚したのに、家庭があるのに、みーちゃんとよう君もいるのに無責任じゃないの？　ねえ、しょう君、パパでしょ？　お父さんだよね？」

「……いい加減にしたほうがよいと思うぞ、そこな短命種よ」

「いいえ、大丈夫ですよ、フリージアさん。彼女の言うとおりだ。私は父親だし、自分の選択と今まで過ごしてきた年月、家族のことを捨てなどしません。抱えたままでいます」

驚いて黒朗は振り向く。嬉《うれ》しそうに、あまねは立ちあがった。子犬が甘えるような声をあげて、彼女はしょうやに勢いよく抱きつく。しょう君しょう君と、彼女はくりかえした。

その背中を撫《な》でてやりながら、彼は優しく言う。

「今まで、本当にありがとう」

そうして、しょうやはフリージアを見た。

どこまでも澄んだ目をして、彼は告げる。

「私は、もう、完全に満足です」

「本当に、よいのか？」

「はい、充分です」

「人間とは、そういうものか？」

どこか辛そうに苦しそうに、フリージアは問う。

それに対して、しょうやは満面の笑みを向けた。

「人間とは、時にそんなものですよ」

翌日、しょうやは首を吊《つ》った。

黒朗の、観測通りだ。

遺書は残されていた。

＊＊＊

驚いたことに、自殺理由は『しずくへの愛しさ』ではなかった。

遺書と解剖結果からわかったが、しょうやも『宿りの花』に寄生されていたのだ。原因は、繁殖能力根絶前の花と接触があったためらしい。だが、それはしずくの親族も同じだ。全員に危険性があったものの、一人だけが被害に遭ったという。これだけ長期の潜伏期間を超えての発芽は稀《まれ》で、不幸な事例といえた。

『宿りの花』は長期間、人を昏睡状態へと陥らせる。あまねも子供たちも長く悲しむ羽目になるだろう。

残された者の苦悩は、よく知っている。

だからと、しょうやは開花前の自殺を選んだ。

しかし、死因が『宿りの花』でなければ、政府からの補償金は受けられない可能性が高い。家族の今後のために、彼には金が必要だった。だから、花を盗んでは売《う》り捌《さば》いたのだ。

それが、しょうやの語った自殺の全貌《ぜんぼう》だった。

（だが、……本当にそうだろうか？）

今、冬の公園のベンチに座り、黒朗はそう考えた。以前、フリージアがファストフードファイトをしていた場所だ。瘦《や》せた木々は葉を落とし、黒い影のように空へと伸びている。

そこに腰かけながら、彼は淡々と疑念を口にした。

「しょうやさんは幻覚を見たかった……本当はそれだけなのでは？　そして明らかになった真実によって悲しみのままに死を選んだ……けれども、誰も傷つけないような嘘をつけるよう、あらかじめ花を盗んで準備をしていた……ただ、それだけじゃないんですかね？」

「わからぬ。どちらにしろ、あまねはこれ以上なく傷ついた」

隣で、フリージアはささやいた。あまねの泣き叫ぶ声を、二人は思いだす。また、しずくは本日の夜に死ぬことを、黒朗は知っていた。最期に会えなかった人を追いかけるように彼女は亡くなる。だが、それに他者が意味を見出すのも野暮だ。静かに黒朗はたずねる。

「今回はなにか、わかりましたか？」

「わからぬ。だが、別にどうでもよい。得られるものがなかったというだけだ」

「フリージア様」

「なんだ？」

「そういう顔を、してはいませんが」

死神公女の気づいていない事実を、黒朗は教えてやる。フリージアはハッとした。彼女は喪服に包まれた胸を押さえる。その儚《はかな》げな姿に向けて、黒朗は穏やかに問いかけた。

「よかったら話してみませんか、フリージア様」

「……こんな終わりで、完全に満足したなどあるものか」

「ですが、彼は笑っていましたよ……今までのフリージア様なら、『そうか』と思ったんじゃないですか。彼が言ったのならば、愚かではあるがそういうものなのだろうと」

「今でも、だ！　だが、なんと述べればいいのか、やはり、おかしい」

ポツリ、フリージアはつぶやいた。彼女は雪の降りはじめた空を見上げる。

ふわり、ふわりと舞う白色を目に映して、死神公女は慈しむように語った。

「悲しいよ、死は」

杉浦青年の死は、寂しかった。

二人の少女の死は、重かった。
馬鹿な連中の死は虚しかった。
しょうやの死は、哀れだった。

その前に見てきた、たくさんのすべても。

「やはり、全部が悲しかったんだ。でも、覆してはならないほどにひとつひとつが、死者にとっては重要なものでもある。それでも、変えられない別れとは、悲しいものなのだ」

ああ、と、黒朗はうなずく。深く、彼は目を閉じた。

それだけ、わかればいい。
それだけで、もう充分だ。

だから、黒朗は大事な秘密を告げることにした。

「あのですね、フリージア様」
「なんだ、コクロー」

「俺、三年後の春に死ぬんですよ」

5

死神公女フリージアは、さよならを知らない。

そう、何度も、何度も、彼女は言われてきた。

＊＊＊

たとえば、魔王軍の討伐隊により、東の賢竜が死のうとしていたときだ。

フリージアは告げた。

喜ぶがいい。私がその尊き命を留めおいてやろう。おまえほど賢い者は、世の中にはそうはおらぬ。失われるには惜しすぎる。死神の恩情の下に、もっと長きを生きるがよいぞ。

賢竜は答えた。

自惚《うぬぼ》れてはいけないよ、フリージア。

その力があろうとも、死は決して曲げてはならない。賢き者にも愚かな者にも、運命のときは等しく訪れるべきなんだ。だから、私は死を選ぶ。それこそが、真に正しいと知っているからね。だから、優しいフリージア。私に最後まで、どうか正解を選ばせておくれ。

そう言って、愚かにも、賢竜は死んだ。

フリージアはさよならは言わなかった。

＊＊＊

たとえば、魔王軍の進行により、光の聖女が瀕死《ひんし》に陥ったときだ。

フリージアは笑った。

大丈夫だ。心配なぞ、少しもいらぬとも。聖女は、私の大事な仲間でもあるからな。おまえは民のために、実に幸薄き日々を送ってきた。命を返してやるから、人生を謳歌《おうか》せよ。

聖女は答えた。

まちがえてはいけませんよ、フリージア。

死から逃れることは、特権を生みます。それは新たな争いの火種になる。あなたの想像する以上に、死とは重く、悲しいものなのです。もちろん、私も自分がここで終わることは悲しい。皆を残していく事実が、子供のようなあなたを置いていくことが、辛く、重い。それでも、私は死ななければならないのです。ねえ、フリージア。優しさを誤らないで。

そう言って、悲しくも、聖女は死んだ。
フリージアはさよならは言わなかった。

＊＊＊

たとえば、当時の魔王に勝利した後、何代目かの勇者が死のうとしていたときだ。

フリージアは告げた。

今度こそ。今度こそだ。私に死を覆させよ。おまえはそれだけの偉業を成した。成したはずだ。そうではないのか？　親子喧嘩《おやこげんか》ばかりしていた未熟な身でありながら、すべてを捨ててまで、成し遂げたではないか。生きろ。生きろよ。なあ。ダメとは言わせぬからな。

勇者は答えた。

ごめんね、フリージア。

君に、さよならを教えてあげられなかった。

そうとだけ言って、勇者は死んだ。
フリージアは、全部が嫌になった。

だから、彼女は現世へ旅立ったのだ。
そうして、新たな物語ははじまった。

『死』を学ぶためだけに異界を旅をする、死神がいる。
なんとも滑稽《こっけい》極まりない、御伽噺《おとぎばなし》のような話だった。

＊＊＊

「……なんでだ？」

「うん？」

「なんで、死ぬ？」

「理由はわかりません。死因は見えないんで」

「おまえは」

「はい」

「おまえは楽しい人間だった」

「それならよかった」

「政府から、この異能者を付き人にと言われた時は本気でどうかと思ったが」

「そうだったんすか」

「ぶっちぎりに愉快な短命種だった」

「そこまで言われるのはどうなんですかね？」

「現世はおいしくて、楽しくて、色んな娯楽にも溢《あふ》れていて」

「うん」

「なんでだろ。もっと、死を見るだけでなく、コクローといっぱいすごせばよかったな」

「……まだ、時間はありますよ」

「三年間なんて、まばたきと一緒だ」

「そう、ですかね」

「そ、そうだ、コクロー。これ」

「はい」

「こ、この、手持ちの布製バッグ、おまえがくれたんだぞ」

「覚えてますよ」

「死神公女様ってマジでなにも持ってないんですね。荷物を入れるものがいるでしょうからって。馬鹿にされてる感じもしたけど、嬉《うれ》しかったんだ。現世ではじめて物を贈られて、正直、心が躍ったんだ。だから、ずっとな、大事にしてきたんだぞ」

「大切にしてくれてるなあって、嬉しかったですよ」

「ここまで、私にやらせておいてだなあ」

「そこまでなんですね、それ」

「正式な名前まで、聞いておいてだなぁ」
「自分から、教えてくれたじゃないですか」
「なんでだ……なんでだ、コクロー」
「……なんででしょうね」
「私は」

「私は、おまえにだけはさよならを言いたくない」

「さよならを言ったら、おしまいじゃないか」

「フリージア様、ようやくわかったじゃないですか」
「…………えっ？」

「さよならの、意味がなんなのか」

「それを教えられただけでも、俺に生きた価値はありましたよ」

＊＊＊

「それにですよ、フリージア様。バタフライエフェクトって知ってますか？」

「なんだ、それ」

黒朗の隣でフリージアはズビズビと泣いている。その顔を彼はハンカチで拭《ぬぐ》ってやった。

やはり、彼女はかわいくて綺麗《きれい》だ。その黒い目を覗《のぞ》いて、黒朗は歌うような調子で続ける。

「『蝶《ちょう》の羽ばたきのような、非常に小さな出来事が、最終的に予想もしていなかったような大きな出来事に繫《つな》がる』ってことです。まばたきのような俺との三年間も、いつかなにかに繫がるかもしれない」

「なんだそれ……意味なんて」

「意味は、あるんですよ」

重く、黒朗はつぶやいた。ポケットの中で、彼は水晶を握る。キラキラと、それは今でも輝いている。ぎゅっと、黒朗は力をこめた。祈るように、信じるように、彼はつぶやく。

「意味は、あるんです」

こくりと、フリージアはうなずいた。ずりずりと、彼女は横に移動する。

そして、黒朗の肩に小さな頭を乗せた。ポツリと、フリージアは告げる。

「コクロー」

「なんですか？」

「これは言うのが恥ずかしいやつなんだがな」

「それは聞きたいですね」

「いや、本当恥ずかしいやつなんだけどな」

「なら、なおさら、頑張ってくださいよ」

すーはーと、フリージアは息を吸いこむ。

そして、死神公女は、その立場からは残酷な、しかし大切な想いを告げた。

「実は、おまえのことがかなり好きだ」

「実は、かなり知ってましたね」

フリージアはプンスカと怒り、黒朗は笑う。やがて、彼女も笑いだす。
二人は今でも一緒にいて、フリージアはさよならの意味を知っている。

そして、春はまだ遠い。

いつかの御話

現世において、五年が経過した。

だが、異世界と現世では時間の流れが異なる。

その間に、剣と魔法の世界では十年の歳月が経過していた。

どちらにしろ、長命の者たちにとってはまばたきにも等しい程度の時間だ。だが、実に短い期間の中でも、大きな変化が生じた。正確には、前回の勇者が死んだ後、闇で蠢《うごめ》いていた者たちの準備が整ってしまったのだ。

彼らは『変質』や『寄生花』や様々なモンスターなどの悪影響を現世へもたらすことで、二つの世界に住む者たちの間に溝を作り、新たな勇者の出現を阻もうともしていた。

その試みは、現世の人間側の政府によって断たれた。だが、偶然にも企ては上手くいった。ちょうど、侵攻開始時に、勇者の器となるような人間が現世に存在しなかったのだ。

新たな魔王は吼《ほ》えた。時はきたれり。

東の賢竜は死に、聖女も亡くなった。

そして、勇者以上に厄介だった存在も今やいない。

このまま異世界を傘下に収めれば現世へもより多くの禍をバラ撒《ま》ける。そうして、すべてを手中に収められるだろう。そう、魔の者たちは企てた。彼らは蹂躙《じゅうりん》と殺戮《さつりく》を開始した。

それは特に短命種にとって、悪夢のはじまりだった。

ついに、二つの世界は終わろうとしていた。

＊＊＊

黒竜の炎によって、人が灰と化す。生き残った者へと、骸骨《がいこつ》兵が襲いかかる。

魔の軍勢の殺し方には慈悲がない。腕や足を脂肪や肉ごと引き抜かれ、何人もの人間がおぞましい悲鳴をあげた。だが、生き残ったところで救いなどない。

小鬼やオークの繁殖用か、食用に使われることを、喜ぶ人間などいないのだ。無惨な運命を回避するために、街の人間も戦おうと試みた。剣を持った者が、数回の打ち合いの末に腹を裂かれ、溢《あふ》れた内臓を踏《ふ》み潰《つぶ》される。弱い魔術師が、詠唱中の頭部を握《にぎ》り潰された。そこかしこで悲鳴があがった。だが、王国や教会の騎士や白魔導士は助けには来ない。あまりにも被害規模が大きすぎた。人の手は小さく、精鋭は更に少ないのだ。

神様。誰かが言った。助けて神様。
だが、そんなものに意味などない。

ないはずだった。

「まあ……そなたらの祈っている相手が、正確には何者なのかはてんでわからぬがな。しかし、『死神』も『神』のうちよな」

銀の流星が、黒い煙で覆われた空を飛ぶ。
汚れた色を横に切り裂くように鋭く舞う。

その後には、無数の青い蝶が続いた。

泣きながら、民は、人は、その不吉で美しい、輝きを仰いだ。

そうして、哀れな者たちの救い主が現れた。
彼女こそ、過去の勇者より厄介だった存在。

死神公女フリージア・トルストイ・ドルシュヴィーアだった。

＊＊＊

死をつかさどる青い炎が蝶となり、空間を自在に舞う。それに止まられた瞬間、魔の者たちは魂を喰《く》われた。命は灰と化し、カンテラの中へと飲み込まれていく。逆らう術などない。なにせ、彼女は『死』そのものでもあるのだから。

その圧倒的な様を見て、将である高位魔族は声をあげた。

「死神公女フリージア⁉　貴様はすべてが嫌になり、現世へと姿を消したはずでは？」

「なに、やっとやる気になった。と、いうかだ。死とは、本来重きものだ。さよならも言えぬような軽き殺戮を、ばら撒くべきではない。そなたたちが理不尽な死を与え続ける気なのであれば戦うべきだと理解した……私の夫もまた、結局は『変質』で死んだのでな」

そう語る彼女は、どこまでも深い、悲しみの空気を纏《まと》っていた。高位魔族へと身を堕とした、ダークエルフは首を傾げる。いったい、この死神公女に何があったというのか。

かつてのフリージアはこうではなかった。

彼女は常に遊びのごとく、子供のような気安さで戦場に立っていた。他者を甦《よみがえ》らせれば、すべては巻き戻る。そうとすら、考えていたはずだ。それを否定されて消えたはずだった。

それなのに、どこの誰が、彼女をここまで変えたというのか。

胸にてのひらを押し当てて、フリージアは目を閉じる。今は厳かに重く、彼女は語った。

「アキヨシと自警団の連中、それに研究施設所長の協力もあってだな……異世界側の動きを丁寧に確かめた。そうして、こちらの影響があちらに伝播《でんぱ》していることについて、意図的な流れを突き止めたわけだ……というわけで、戦いに来たぞ、このフリージアが」

美しく、凶悪に、フリージアは微笑んだ。

その表情を見た瞬間、高位魔族は悟った。

己の、魔の者たちの敗北を。

「死の重みを知った私こそが、今度の勇者だ。覚悟をするがいい」

これぞ、バタフライエフェクトというやつだ。

最後の言葉の意味はわからなかったが。

ここに新たな伝説は生まれたのだった。

＊＊＊

死神公女フリージアの活躍によって、魔の侵食は止められた。
多くの人間が助かり、数多《あまた》の種族が救われた。盛大に、彼女は讃《たた》えられた。だが、称賛を受けることなく、フリージアはあっさりと逃げだした。記念碑など、造りたければ造れ。適当に、それっぽい勇者（仮）の顔でも彫っておけ、とのことだった。

ふたたび、彼女は行方不明と化した。

その後、魔の軍の残党のいる地に、彼女はたまに現れた。
すべてが終わるまでに、短命種には長い時間がかかった。
異世界の時間で三十年。現世の流れにして十五年だ。

そうして、フリージアはぴょーいっと現世へと取って返した。魔王軍の滅亡により、異世界からの悪影響は鳴りを潜めている。老成した秋吉は賞賛し、名誉職に就いていた所長は嬉々《きき》として施設を解体した。特別な【歓待特権】を得て、フリージアはぶらぶらと現世を過ごした。フードファイトをしたり、異世界からの追っかけを撃退したりした。

待って、待って、彼女は待った。

ある可能性に、フリージアは己の全存在を賭《か》けていた。分の悪い勝負である。それでも可能性はゼロではないことを、彼女は知っていた。なぜならば、小説にだってあるやつだ。

——百年待っていてください。

——百年、私の墓の側に座って待っていてください。

——きっと逢《あ》いに来ますから。

そうして、百年が飛ぶようにすぎた。

＊＊＊

ある、春の日のことだ。

一人の背の高い子供が、つまらなさそうに過ごしている。

好んでいるパーカとジャージを纏って、彼はベンチに座っていた。彼は一人きりだった。何故ならば、『変質』や『寄生花』の被害がなくなっても、『異能』の目覚めはなくならなかったせいだ。それは魔王がもたらしたものではなく、勇者の素養を持つ者が、力を開花させてしまうだけの現象だったからだ。だから、少年は両親に恐れられて捨てられた。友達もいない。これも全部、『人の死期が見える』異能を持っているせいだった。

だから、彼はずっと孤独だ。きっと、つまらない一生を送るのだろうなと考えていた。

もしも、『死というものから切り離されている、愉快な誰か』にでも出会えない限りは。

そこに、一人の少女が立った。

銀髪に黒いヴェールをかぶり、喪服を着た、不吉で美しい娘だ。

誰だろうと、少年は驚く。だが、同時に、彼は彼女を知っている気がした。待っていたのに、ずっと待たせていたような、そんな不思議な感覚を覚えた。じっと、彼女は睨《にら》むように彼を見る。そうして、ぼそりとささやいた。

「……本来は一瞬だというのに、一生のごとく思えたぞ。たかだか転生をするのに待たせすぎであろうが。死ぬかと思ったわ」

「……あの、あなたは、誰ですか？」

少年は不思議そうに問う。それに、少女はにっと笑った。堂々と、彼女は答える。

「私は死神公女フリージア」

おまえの花嫁だよ。

物語はこうして終わり、こうしてはじまる。
もうすぐ、新たな春が訪れようとしていた。

あとがき

スニーカー文庫様ではお久しぶりです、綾里《あやさと》けいしです。

この度は『死神公女フリージアは、さよならを知らない』をお手にしていただき、ありがとうございました。『少し不思議で、しんみりする短編集』を目指したつもりです（そのわりには、爆発オチもありましたが）少しでもお楽しみいただければ幸いです。

一応、こちらのお話は読み切りが前提となっております。

単巻の物語を書くのも、長編と違った楽しさがあっていいものだなと思いました。

個人的には、普段の作風よりもヒューマンドラマみが強めで、新鮮であったと同時に気に入ってもいるので、読者様の心にフリージア達と『さよなら』が僅《わず》かにでも残れば嬉《うれ》しく思う次第です。

では、これからは恒例の御礼コーナーに移ります。

絵師を担当してくださいました、藤実《ふじみ》なんな先生。まさかお受けいただけると思っていなかったので大変驚きました。特に表紙のフリージアの印象的で、鮮烈に美しいイラストをありがとうございます。先生にデザインしていただいたことで、フリージアという死神公女が色づいたところが多大にあると考えております。

編集のK様。今回も色々とご迷惑をおかけしました。なんか、毎回ご迷惑しかおかけしていないように思うのですが、それでも諦《あきら》めずにお付き合いいただけて、大変ありがたく考えております。

本を出すのに関わってくださったすべての皆様、ありがとうございました。お世話になりました。

そして、読者の皆様に最大の御礼を。本とはお読みいただけて、初めて完成するものです。皆様とこの一冊の出会いが、少しでも幸いなものでありますように。

それでは、さようなら。

いつかまた、どこかで。

死神公女《しにがみこうじょ》フリージアは、さよならを知《し》らない

著　綾里《あやさと》けいし

角川スニーカー文庫　24301
2024年10月１日　初版発行

発行者　山下直久
発　行　株式会社KADOKAWA
〒102-8177 東京都千代田区富士見2-13-3
電話　0570-002-301（ナビダイヤル）

印刷所　株式会社暁印刷
製本所　本間製本株式会社

Printed in Japan　ISBN 978-4-04-115316-1　C0193

★ご意見、ご感想をお送りください★
〒102-8177 東京都千代田区富士見 2-13-3
株式会社KADOKAWA　角川スニーカー文庫編集部気付
「綾里けいし」先生「藤実なんな」先生

角川文庫発刊に際して

角川源義

第二次世界大戦の敗北は、軍事力の敗北であった以上に、私たちの若い文化力の敗退であった。私たちの文化が戦争に対して如何に無力であり、単なるあだ花に過ぎなかったかを、私たちは身を以て体験し痛感した。西洋近代文化の摂取にとって、明治以後八十年の歳月は決して短かすぎたとは言えない。にもかかわらず、近代文化の伝統を確立し、自由な批判と柔軟な良識に富む文化層として自らを形成することに私たちは失敗して来た。そしてこれは、各層への文化の普及滲透を任務とする出版人の責任でもあった。

一九四五年以来、私たちは再び振出しに戻り、第一歩から踏み出すことを余儀なくされた。これは大きな不幸ではあるが、反面、これまでの混沌・未熟・歪曲の中にあった我が国の文化に秩序と確たる基礎を齎らすためには絶好の機会でもある。角川書店は、このような祖国の文化的危機にあたり、微力をも顧みず再建の礎石たるべき抱負と決意とをもって出発したが、ここに創立以来の念願を果すべく角川文庫を発刊する。これまで刊行されたあらゆる全集叢書文庫類の長所と短所とを検討し、古今東西の不朽の典籍を、良心的編集のもとに、廉価に、そして書架にふさわしい美本として、多くのひとびとに提供しようとする。しかし私たちは徒らに百科全書的な知識のジレッタントを作ることを目的とせず、あくまで祖国の文化に秩序と再建への道を示し、この文庫を角川書店の栄ある事業として、今後永久に継続発展せしめ、学芸と教養との殿堂として大成せんことを期したい。多くの読書子の愛情ある忠言と支持とによって、この希望と抱負とを完遂せしめられんことを願う。

一九四九年五月三日

勇者は魔王を倒した。

同時に――

帰らぬ人となった。

誰が勇者を殺したか
駄犬 イラスト toi8
発売即完売!

続々重版の話題作!

魔王が倒されてから四年。平穏を手にした王国は亡き勇者を称えるべく、偉業を文献に編纂する事業を立ち上げる。かつての冒険者仲間から勇者の過去と冒険譚を聞く中で、全員が勇者の死について口を固く閉ざすのだった。

スニーカー文庫

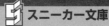

時々ボソッと
ロシア語でデレる
隣のアーリャさん
Милашка❤
story by sun sun sun
Illustration by momoco
燦々SUN
イラスト ももこ
ただし、彼女は俺が
ロシア語わかる
ことを知らない。
特設
サイトは
▼こちら!▼
スニーカー文庫

このすば
暁なつめが描く、
もう一つの異世界コメディ！
暁なつめ
NATSUME AKATSUKI
ILLUSTRATION
カカオ・ランタン
KAKAO LANTHANUM
戦闘員、派遣します！
COMBATANTS WILL BE DISPATCHED!
特設サイトは▼コチラ！▼
シリーズ好評発売中！
全世界の命運は——
悪の組織に託された!?
スニーカー文庫

「私は脇役だからさ」と言って笑う
そんなキミが1番かわいい。
クラスで2番目に可愛い女の子と友だちになった
たかた [イラスト]日向あずり
第6回 カクヨム Web小説コンテスト 特別賞 ラブコメ部門
『クラスで2番目に可愛い』と噂の朝凪さん。No.1人気の天海さんにも頼られるしっかり者の彼女は……金曜日の放課後だけ、俺の家に遊びに来る。本当は無邪気で甘えたがり。素顔で過ごす、二人だけの時間。
スニーカー文庫

入栖
—Author
Iris
神奈月昇
—Illust
Noboru Kannatuki
マジカル☆エクスプローラー
—Title
Magical Explorer
エロゲの友人キャラに転生したけど、
Reincarnated as a Eroge Hero's Friend,
ゲーム知識使って自由に生きる
I'll live freely with my Eroge knowledge.
知識チートで
二度目の人生を
完全攻略！
特設ページは▼コチラ！▼

きみの紡ぐ物語で
世界を変えよう。
第31回
スニーカー大賞
作品募集中!
大賞 300万円
金賞 50万円
銀賞 10万円
締切必達!
前期締切
2025年3月末日
後期締切
2025年9月末日
詳細は
ザスニWEBへ
https://kdq.jp/s-award
イラスト/カカオ・ランタン